风雅盐源

盐源古诗文选

谢光祥 编

中国文联出版社
http://www.clapnet.cn

图书在版编目（CIP）数据

风雅盐源：盐源古诗文选 / 谢光祥编 . -- 北京：
中国文联出版社，2020.12（2023.3 重印）

ISBN 978 - 7 - 5190 - 4471 - 8

Ⅰ.①风… Ⅱ.①谢… Ⅲ.①古典诗歌—诗集—中国
②古典散文—散文集—中国 Ⅳ.①I211

中国版本图书馆 CIP 数据核字（2021）第 003764 号

编　　者　谢光祥
责任编辑　周小丽
责任校对　乔宇佳
装帧设计　得天文化

出版发行　中国文联出版社有限公司
地　　址　北京市朝阳区农展馆南里 10 号　　　邮编　100125
电　　话　010 - 85923025（发行部）　　　85923091（总编室）
经　　销　全国新华书店等
印　　刷　三河市华东印刷有限公司

开　　本　710 毫米×1000 毫米　　1/16
印　　张　17
字　　数　269 千字
版　　次　2023 年 3 月第 1 版第 2 次印刷
定　　价　79.00 元

序

　　盐源，是中国西南边陲一个历史古县。早在新石器时代这里就有人类居住，汉武帝元鼎六年(前 111)即在此设置了定筰县。"筰"，既是盐源古代地名，也是盐源先民的族称。这片神奇的热土，历史悠久，资源富集，山川秀美，文化灿烂，自古就是川西南一条重要的民族走廊。有 21 种民族，世居民族有 14 个。盐源各族人民勤劳勇敢、淳朴善良，在千百年的血脉相连、和睦相处中，共同创造了底蕴深厚、独具魅力的民族文化。这里流传久远的民间口头文学绚丽多姿，优美动人。

　　东汉"光武中兴"，中国出现强盛繁荣的局面。汉明帝永平十七年(74)，筰都夷白狼王一行跋涉千山万水远赴京城洛阳朝拜，在朝廷献歌三章，"帝嘉之，事下史官，录其歌焉"；这使得我们今天能幸运地读到《后汉书》中著名的《白狼歌》。这里的人民能歌善舞，浪漫多情，代代弦歌不绝，留下许多脍炙人口的诗歌。明洪武平定西南后，一些有文才的官员进入盐源，留下了无数诗词歌赋。清雍正六年(1728) 改盐井卫置盐源县，一批批文人官吏来到盐源任职，他们多是进士、举人出身；加之外省移民逐渐迁入，文风渐开，人文肇起。一些地方官以竹枝词的形式，生动有趣地描写了几百年前盐源的风土民情。之后，以举人陈震宇、优贡曹永贤为代表的本土文人逐渐兴起，写下了一篇篇有较高水准的文学作品。

文化是民族的血脉，是人民的精神家园。文化自信是一个国家、一个民族发展中更基本、更深沉、更持久的力量。中华人民共和国成立以来，历届盐源县委、县政府致力于文化事业建设。早在 20 世纪 80 年代初就提出建设"水电矿冶大县、绿色经济强县、文化旅游名县"的发展战略目标，在全县各族人民的共同努力下，盐源的政治、经济、文化建设都取得了跨越式的发展。近年来，盐源县坚定地以习近平新时代中国特色社会主义思想为指导，认真贯彻落实"五位一体"总体布局和"四个全面"战略布局，准确把握"五大发展理念"，深入实施"农业立县、工业强县、旅游兴县"发展战略，着力抓好脱贫攻坚、产业发展、基础设施建设、新型城镇化建设、教育卫生社会事业发展五大重点工作，举全县之力推进幸福盐源、产业盐源、畅通盐源、美丽盐源和法治盐源"五个盐源"建设。

为了传承优秀历史文化，谢光祥先生历时多年收集整理盐源古诗文资料，或查阅典籍，或搜诸家藏，或求诸耆旧，或征诸野老。经过努力，选得五十多位作者三百余篇优秀作品，大致按作者年代排列，详加注解，简要评析。论体裁，则有诗、词、曲、赋、声律启蒙、对联、文(含序、跋、墓志铭)等；论题材，则涵盖风物、民俗、生产、生活、盐业、人物、土司、科举、宗教、匪患、战乱等。此书凝聚了编著者的心血，也是盐源文学艺术工作的一大成果。它填补了盐源传统诗文集的空白，也为抢救保护和传承濒危的盐源文学遗产做出了重要贡献。

此书即将正式出版，我们郑重地将它奉献给读者，奉献给历史。

盐源县文联主席　伍兴明

2020 年 9 月 16 日

盐源八景之五柱朝晖

玉柱韶林山峰如童射西面十五
里孤峰秀削高聳凌雲隆冬
積雪皎潔光明朝瞰輝映玉
桂瓏玲

盐源八景之银湾夜月

銀灣白瀯河是也左射五十里明
月三五流水一灣煙波浩淼清影
高懸秋水共長天一色浪花玉
鏡團圓

盐源八景之柳湖春雨

湖至城東此隔節孝祠畔楊柳
依々細雨迷々春山數點春水一
渠況樓臺之幽邃當載酒以
賞之

盐源八景之萧寺暮烟

寺在父母山距县五十餘里大武

間寺有路徑以通幽渺年春

煙嵐禪林石為垣

盐源八景之荷池避暑

池上此間閒外墨許紅葉霜濃水碧石

柳暗然天光雲影半畝方池出

淤泥兮不染送清香兮晚颸當之

庚之應齋煙避暑最相宜

盐源八景之三 谷生香

谷岩眇西上乾海子龎城ム千里乹

海之山素广幽蘭瓊英雲綴螺

岫雲攢花開谷口氣馥巖端此

澶沅之湊草不圖生於屈崗

盐源八景之双桥按辔

橋石卧西五里楊柳橋是也雁

盐两川蚣腰渡叠四山合沓

雪橋向色冬日携儒徐行不减

灞橋風雪

盐源八景之三 岛停帆

島在岸所勒得海中三峯鼎

峙直矗立巍然仿帆遠眺繪影

橫天蓬萊仙境此去同乎

目 录

CONTENTS

目录

凤
雅
盐
源

∽ 白狼王 ∾

白狼王，姓名不详，东汉永平年间（58—75），为西南夷莋都夷白狼国首领。

白狼歌①

第一章　远夷乐德歌

大汉是治，与天合意。吏译平端，不从我来。
闻风向化，所见奇异。多赐缯布，甘美酒食②。
昌乐肉飞，屈申悉备。蛮夷贫薄，无所报嗣③。
愿主长寿，子孙昌炽④。

第二章　远夷慕德歌

蛮夷所处，日人之部。慕义向化，归日出主。⑤
圣德深恩，与人富厚。冬多霜雪，夏多和雨。
寒温时适，部人多有。涉危历险，不远万里。
去俗归德，心归慈母。

第三章　远夷怀德歌

荒服之外，土地饶埆⑥。食肉衣皮，不见盐谷。
吏译传风，大汉安乐。携负归仁，触冒险狭⑦。
高山岐峻，缘崖蟠石。木薄发家，百宿到洛。⑧
父子同赐，怀抱匹帛。传告种人，长愿臣仆。

【注释】

①白狼歌：选自《后汉书·南蛮西南夷列传第七十六·莋（zuó）都》，"永平中，益州刺史梁国朱辅，好立功名，慷慨有大略。在州数岁，宣示汉德，威怀远夷。自汶山以西，前世所不至，正朔所未加。白狼、槃木、唐菆（zōu）等百余国，户百三十余万，口六百万以上，举种奉贡，称为臣仆。辅上疏曰：'臣闻《诗》云："彼徂者岐，有夷之行。"传曰："岐道虽僻，而人不远。"诗人诵咏，以为符验。今白狼王唐菆等慕化归义，作诗三章。路经邛来大山零高坂，峭危峻险，百倍岐道。襁负老幼，若归慈母。远夷之语，辞意难正。草木异种，鸟兽殊类。有犍为郡掾（yuàn）田恭与之习狎，颇晓其言，臣辄令讯其风俗，译其辞语。今遣从事史李陵与恭护送诣阙，并上其乐诗。昔在圣帝，舞四夷之乐；今之所上，庶备其一。'帝嘉之，事下史官，录其歌焉。"莋，后写为筰、笮，本义为竹索。盐源在汉武帝时设定笮县。

原诗每句后均注有白狼语的音译汉字，如第一章："堤官隗构，魏冒逾糟。罔驿刘脾，旁莫支留。征衣随旅，知唐桑艾。邪毗继绪，推潭仆远。拓拒苏便，局后仍离。偻让龙洞，莫支度由。阳洛僧鳞，莫稚角存。"

关于白狼国的位置及族属，历来学者见仁见智，有不同的认识和看法。今据盐源县地方志办公室编著的《泸沽湖记忆》（四川文艺出版社出版），认为白狼国就在笮人聚居的盐源一带，其范围包括四川盐源、木里和云南宁蒗等地；而白狼语与纳西语（摩梭语）最为接近。无论如何，《白狼歌》三章是中国古代西南少数民族最早见于正史的诗歌，是中华民族共同的文化遗产。

②缯（zēng）：古代对丝织品的总称。

③蛮夷：古代称南方少数民族，这里是自称；嗣：指继位的帝王。

④昌炽：兴旺、昌盛。

⑤日入：太阳落山，指西边；日出：指东边。

⑥垲（qiāo）埆（què）：土地贫瘠。

⑦险狭：险隘。

⑧岐峻：险峻；磻（pán）石：即磐石，厚而大的石头；洛：指东汉京城洛阳。

【简析】

　　《白狼歌》是东汉时期以白狼夷为首的西南夷创作、传唱的一首歌谣。叙述了白狼、槃木、唐菆等部族首领率族人历尽艰险，赴东汉京城洛阳朝贡的经历和感受，表达了西南夷投入祖国怀抱的喜悦之情。《白狼歌》作为中国历史上最早的夷汉"双语"互译的民族志文献资料和民族历史语言资料，承载了丰富的政治文化内涵，具有宝贵的历史价值。

白
狼
王

杨 佑

杨佑，明朝正德年间任四川行都指挥使司经历。

重修华严寺记①

赐承直郎四川行都指挥使司经历南昌杨佑撰②。
昭勇将军盐井卫军民指挥使董金篆额。
昭勇将军盐井卫掌卫指挥使张松书丹③。

华严寺乃盐井卫东门外近城二百八十步许，考卫志，先宋元所有，后因兵燹所废，遗其基焉④。至我朝洪武初复兴，被月鲁帖木儿又废⑤。永乐元年正月，本卫指挥姚昌重建前后佛殿、天主殿、诸天阁、两厅僧舍，甚盛兴也。殆今百十余年，为风雨飘摇，悉皆圮坏，大非栖神之所⑥。住持僧从天具疏告卫，愿为修葺。时掌卫指挥使张松会议僚属，金曰：华严寺古有之，非淫祠游戏之地，每岁习贺仪礼在兹，祈晴祷雨在兹，军民夷獠禳告罔有不效，实盐井菩提福地也；若不重修，有负前列创始；今日习仪之所，将何以启人心之敬以答朝廷哉⑦！

于是谋及父老，知事者众皆曰然。遂僚属各捐己余俸，兼商民万众若干。集材鸠工，委千户李果、耆民王清、陈全等以董所事。经始于正德十有三年二月初七日，落成于次年冬⑧。

万岁圣牌诸佛等像，殿宇禅房，俾之翼然壮丽，奂然维新，殊胜于前。古柏老松之苍翠，昙花瑞霭之光腾，俨然西方天竺之境。以后雨旸时若，五谷年登，灾害不生，军民不夭，咸跻仁寿之域，老衲得以祝圣寿，祈祷安展其如在之诚⑨。松等告余曰，人无神不安，神无人不兴，人神相须必矣⑩。使其托诸空言，孰若刻诸碑石。愿为记之，永垂不朽。余惟修旧举废，好善乐施，侯辈以之，以至华严寺聿兴者，军不知劳、民不知费、工不厌烦，此其合天理、适时宜至之。然此非谄渎鬼神、崇尚虚无之教，盖由荷天地覆载之恩、君亲养育之德，咸愿重修，以申臣子报答之职；况盐井卫极边，非此何以壮地方胜概，耸酋虏观瞻哉⑪！噫！不有创始于前，无以继述于后。尚冀神明阴诩，皇图保我生民，于万斯年与冈陵等而为三也⑫。时余来此，难却所请，虽非史官，辞不容妄；否则推墨附儒，不为韩子罪人乎⑬。

大明正德十有四年岁在己卯冬十月吉日⑭。

匠氏五彦成镌刻。

【注释】

①华严寺：寺在今卫城镇中学路林姓园内，俗称"铁桩寺"或"观音阁"，寺已不存，唯余铁桩和石碑。

②承直郎：宋代至明代使用的文散官官阶，明为正六品初授之阶；四川行都指挥使司：官署名，简称四川行司，明代四川地方最高军事领导机构，治所在建昌卫（今甘薯西昌），领五卫、八所、四长官司；经历：官名，职掌出纳文书。

③昭勇将军：官名，明代武散官正三品初授称昭勇将军；篆额：篆书碑额；书丹：古代刻碑，先用朱笔在石上写文字。

④卫志：指《盐井卫志》，该书失传；燹（xiǎn）：兵火、战火。

⑤月鲁帖木儿：蒙古贵族，元朝时任建昌路平章；后归降明朝，任建昌卫指挥使。后趁朝廷大军征西番，无暇南顾之机发动叛乱，最终被明军诱捕处死。

⑥殆（dài）：大概；圮（pǐ）：倒塌。

⑦佥（qiān）：众人、大家；淫祠：不合礼仪而设置的祠庙、邪祠；禳（ráng）：祛邪除恶的祭祀。

⑧鸠工：聚集工匠。

⑨雨旸（yáng）时若：晴雨适时，气候调和；夭：灾害；咸：全；跻：上升、登上。

⑩相须：亦作"相需"，互相依存。

⑪谄（chǎn）渎（dú）：阿谀在上的人，轻侮在下的人。

⑫冀：希望；诩（xǔ）：夸耀；冈陵：山冈、丘陵。

⑬妄：不合实际，随意、胡乱；墨、儒、韩子：先秦诸子百家的

代表人物墨子、孔子、韩非子。这句大意是不敢牵强附会，否则会成为韩非子那样的罪人。

⑭大明正德十有四年：即1519年。

【简析】

《重修华严寺记》是盐源发现的最早的一通碑，它叙述了华严寺几度兴废的历史及重修的盛况，具有较高的史料价值。

朱 篑

朱篑，浙江山阴（今绍兴市）人。明嘉靖中以按察司副使分巡建昌道，有政绩，士民称赞。善书法，清光绪《盐源县志》载："禄马铺道旁摩崖'金生丽水，润盐古道'是其手书遗迹。"

打冲河督修索桥二首①

一

石壁两崖称地险，索桥千尺代天工。
晋江漫说初浮马②，秦渭虚传不霓虹③。
鸟道回翔云影外，松涛低渡水声中。
夜深风雨吹窗急，疑有秋潮自海东④。

二

御风来下打冲河，乍见新桥渡索过。
天马旧疑腾涧壑，云龙今喜卧藤萝。⑤
每怜孤客秋容瘦，独坐西窗夜雨多。
落魄无端湖上客，莼鲈归兴近如何⑥。

【注释】

①打冲河：古名若水，今雅砻江。

②晋江：水名，在福建省境内；浮：浮渡，漂流而下。

③"秦渭"句：大意说古时所称的渭桥今已不存在了。据史载，秦始皇建渭桥，有"不霓虹"之美称，汉末被董卓烧毁。

④秋潮自海东：传说秦始皇曾于海中建石桥，得海神相助，后因其不守信约触怒海神而不果。

⑤天马：汉武帝得西域良骏，名之"天马"；云龙：《周易》"云从龙，风从虎，圣人作而万物睹"，此处指龙。

⑥此句表达了因思念家乡而欲辞官归里的心情。莼菜、鲈鱼，代指故乡的美味，典出《晋书·张翰传》。

【简析】

索桥横跨雅砻江，是西昌到盐源的咽喉要道。前一首诗主要描写山川地势之险，修建工程之难。后一首诗表达竣工后的喜悦和轻松，并流露出顾影自怜、辞官归里的念头。后一首诗写景抒情，用典得当，生动形象，真实感人。

顾图河

顾图河（1655—1706），字书宣，一字花田，号花翁，清江苏江都人，文学家、藏书家。清康熙三十三年（1694）进士，授翰林院编修，官至湖北学政。工诗，有《雄雉斋集》。

诸葛铜鼓①

武侯未出祁山垒，先出偏师渡泸水。②
人言孟获不足擒，股掌玩之徒戏耳。③
岂知北伐用南夷，正欲中原扫仇耻。④
僰人筰马供鞭驱，罗鬼乌蛮皆效死。⑤
至今铜鼓散山谷，峒户流传尚夸侈。⑥
精铜其质革其音，想见援枹兵四起。⑦
鸟蛇龙虎倏离合，戎机万变人难拟。⑧
曾传八阵有遗迹，更说旗台余故址。⑨
此鼓千年尚宛存，血战消磨土花紫。
君不闻定军山下阴雨中，山鸣雷动声隆隆。⑩
埋鼓镇蛮功未毕，反旗走敌恨无穷。⑪

【注释】

①此诗收录于清光绪《盐源县志》。诸葛铜鼓：光绪《盐源县志·古迹》载："铜鼓有二，一在梅雨堡武庙，由云南永宁携回；一在拉鹿河武庙，相传在本地掘出，疑武侯所制，以镇蛮者。"中华人民共和国成立后，县内陆续出土了多只铜鼓，由县文物管理所收藏，为国家珍贵文物。诸葛，即诸葛亮，字孔明，号卧龙，三国时蜀汉丞相，谥为忠武侯。

②祁（qí）山：位于甘肃省礼县东、西汉水北侧，绵延约50华

顾图河

里，被誉为"九州之名阻，天下之奇峻，地扼蜀陇咽喉，势控攻守要冲"，所以成为三国时蜀魏必争之地，相传诸葛亮曾"六出祁山"伐魏；偏师：指主力军之外的部分军队；泸水：古水名，指金沙江，在今四川、云南交界的一段。

③孟获：公元225年，西南少数民族首领孟获起兵反叛，蜀汉丞相诸葛亮发兵征抚，采取攻心策略，七次擒孟获，七次放还，使之心悦诚服，归顺蜀汉。

④南夷：指南方少数民族。

⑤僰（bó）人：先秦时期北方中原对西南少数民族的统称；笮马：指古时候邛笮一带的名马；乌蛮：古代西南少数民族名。

⑥峒（dòng）户：峒家人户；夸侈（chǐ）：夸张、浮夸。

⑦革：皮革；援枹（fú）：执槌擂鼓，枹即桴、鼓槌。

⑧倏（shū）：转瞬间、忽然，形容速度极快。

⑨八阵：即八阵图，古代用兵的一种阵法。《三国志·诸葛亮传》："推演兵法，作八阵图。"杜甫《八阵图》诗："功盖三分国，名成八阵图。"

⑩定军山：在今陕西省沔（miǎn）县西南，山下有诸葛亮墓及庙宇，三国时诸葛亮在此用兵大败曹军。

⑪"埋鼓"以下二句：大意为诸葛亮埋鼓镇服南蛮未起到应有的功效，他们时而又反叛奔逃，留下遗憾。

【简析】

这首诗属于咏史之作，以散佚在西南少数民族地区的三国铜鼓为题，追述了诸葛亮五月渡泸、六出祁山、八阵布局、定军山之战等三国重大事件，把人们带入金戈铁马、南征北战的遥远年代，充满厚重的沧桑之感。

王濯亭

王濯亭，名廷取，字濯亭，江西省婺源县贡生，清乾隆二十二年（1757）任盐源县知县。清光绪《盐源县志》称其"居官仁恕，听讼明决"。善诗词，有《抱冬斋俳语》一卷。

盐源杂咏①

一

荒凉古县入山深，鸟道羊肠仔细寻。
着个冷官差不俗②，一年冰雪四时心。

二

杭州古汛冒佳名③，四面山环水绕清。
小憩邮亭还一快，万松排翠忆江城④。

三

冲河水涨未归槽⑤，波浪如山雪作涛。
隔岸马嘶人意冷，两边盐米价都高。

四

土著居民半老蛮⑥，风风雨雨最相关。
半旬不得甘霖沛，烧起松烟自说山⑦。

五

苦荞燕麦与青稞，闲掷闲抛过漫坡⑧。
已觅水田栽谷种，柏林山近雪霜多。

六

除却兵家与客家⑨，盐源城里绝喧哗。
最怜当地人偏苦，十个儿童五哑巴。

七

土墙板屋自家家⑩，终日围炉酒不赊。
有客到门先向火，酥油熬出普洱茶。

八

背着羊皮四体寒，试灯风急月团团。
大家不唱琵琶曲，新学滇南打草竿。

九

教读诗书便误人，食粮堪救此时贫。
阿兄昨日初关饷⑪，六斗仓荞米四升。

十

恹恹一病便经旬⑫，但觉床头唤酒频。
垂老不知官料药⑬，烙羊膀骨祭蛇神⑭。

十一

骡马成群妇女喧，归从井上月纤纤⑮。
为言盖起龙王庙，一担松明一个盐⑯。

十二

蓬头赤足混泥涂，有女耕樵便当奴。
三十丫头伤老大，北门厂有七三姑。⑰

十三

开口钱多许女娃⑱，红裙紫带尽矜夸⑲。
媒人只要昏昏醉，牛角筒倾苏哩嘛⑳。

十四

居民活计只樵苏㉑，瘦马驮来带野蔬。
闻说山中秋雨足，满林株树长蘑菇。

十五

冬日晴干是好天，岭头吃饭村头眠。
冕宁哨接西昌哨㉒，只论盐斤不论钱㉓。

十六

牛羊鸡犬自成村，人半痴愚古朴存。
除却还粮借籽种，更无一事到公门。

十七

眼底沙尘十丈红，秋生雨歇又生风。
重阳节后萧萧起，吹到明年四月中。

十八

黑井尘封白井开㉔，风狂无处不飞灰。
夜深街上闻人语，灶户挨班打水回㉕。

十九

五所原从一虎分，爪牙头尾及斑纹。
豺狼不信还居上，瓜别公然作冠军。㉖

二十

山深木里大经堂，巴耳西番号法王。
自作蛮师工打扮，官家顶戴佛家装。㉗

二十一

杂夷多半是僧家，按部抽丁学喇嘛。
西藏有人称活佛，三年一度要烧茶。

二十二

万千夷众乱如麻，小主登场静不哗。
承袭古来无长幼，骨头轻重看娘家。㉘

二十三

两家婚嫁几经秋，先说金银后马牛。
毕竟女家还要礼，江宁缎子保宁绸㉒。

二十四

迎送偏工意未安㉚，两山相对路千盘。
涧边一缕茶烟起，搭个松棚接汉官。

二十五

祸福前知见一斑，官厅打鼓聚群蛮。
不看索卦看鸡卦，整顿衣冠始出山。㉛

二十六

官儿声价重如山，拜节奔忙各往还。
百个猪膘千杯酒㉜，一时歌舞遍诸蛮。

二十七

不论山田与水田，粮差有例古相传。
伙头到处村村醉，派过三年又五年。㉝

二十八

角声盈耳动人愁，不是春时不是秋。
谁识炎天冰雪里，最高山顶放牦牛。

二十九

谁谓蛮家无是非，两情相向更相依。
今生只合风流死，化作鸳鸯到处飞。㉞

三十

腰悬弩箭挎蛮刀，格斗终当让尔曹。
却又一般堪笑处，无多辫发结羊毛㉟。

三十一

奇形可入百蛮图，八尺长身胆气粗。
偏喜女多装饰好，绿松石配赤珊瑚。

三十二

万里蛮荒事事奇，三年邑宰渐成痴。
闲吟一卷名俳语㊱，付与巴童唱竹枝。

【注释】

①这一组诗选自清代陈震宇本《盐源县志》，原诗六十四首，今选三十二首。

②冷官：旧指地位不重要、事务不繁忙的官。

③杭州：地名，位于盐源县平川镇；汛：清代有兵值守的汛口、汛地。

④江城：指作者的故乡。

⑤冲河：指打冲河，即雅砻江盐源段，俗称打冲河，古称若水；槽：河道。

⑥老蛮：指少数民族。

⑦说山：原注"盐城皆旱地，以七日得雨为度，祈雨俗称说山"。

⑧漫坡：山名。

⑨客家：指外地客商。

⑩自家家：指一家挨着一家。

⑪关饷：这里指当兵领取薪金。

⑫恹（yān）恹：精神萎靡的样子；旬：十天为一旬。

⑬官料药：指官方核准的中草药。

⑭烙羊膀骨：以羊膀骨用艾灸以卜吉凶；祭蛇神：原注"邑人有病，不废酒，也不服药，惟问卜祭鬼"。

⑮井上：指盐井。

⑯一个盐：当时一个盐重五斤，可换一担松明（带松脂的柴禾，用于点火、照明）。

⑰"三十"以下二句：意思是三十岁都还未嫁。北门厂：今卫城北门村；七三姑：七十三岁的老姑娘。此诗原注"盐源恶俗，女多不嫁……"

⑱许：许配。

⑲矜（jīn）夸：自夸。

⑳苏哩嘛：泸沽湖一带摩梭人自酿的酒。

㉑樵（qiáo）苏：打柴为樵，割草为苏。

㉒哨：古代山路险要处设哨，"哨以护送行人，稽查匪类……或耕公地，或取客钱，以资口食"（光绪《盐源县志》）。

㉓"只论"句：意为行人交哨卡通行费，只以盐多少斤而论。

㉔黑井：今盐塘乡盐水井，已废；白井：今盐厂之盐井。

㉕灶户：设灶煎盐的盐户；挨班打水：指轮班从井水汲盐卤水。

㉖"五所"以下四句：原注"左所喇他，右所喇窝，中所喇节，前所喇瓦，后所喇牙，夷人谓虎为喇……土舍阿卜叛左所，占据瓜别，投诚颇后，竟以军功得安抚司"。此诗言五所土司最初皆出自喇氏一家，而瓜别安抚司出自左所属下，竟然后来居上。

㉗"山深"以下四句：原注"木里本番僧六藏涂都，于雍正七年投诚，亦以军功授安抚司"。工：长于、善于。

㉘"万千"以下四句：原注"土司类，皆世为婚姻，生子袭职，唯土司之女所出者；否则彝众不服，谓骨头轻了，不堪袭职"。

㉙江宁：旧江宁府在今南京市；保宁：旧保宁府在今阆中市。

㉚"迎送"句：意谓夷民迎送周到细致，作者于心不安。

㉛"不看"以下二句：原注"夷人有索卦、鸡蛋卦、小实验，土官出山犹加意云"。

㉜猪膘（biāo）：泸沽湖一带的摩梭人腌制的猪膘肉，即将宰杀后的猪去内脏、骨头，用盐腌制后缝合，做成完整的腊猪，浓香可口，肥而不腻。

㉝"伙头"以下两句：原注"土司五年大派，三年小派，名为年例。伙头即甲长之称"。派：派遣、派工。

㉞"谁谓"以下四句：原注"摩西奸情败露，男女俱自尽，俗名风流死"。

㉟"无多"句：原注"西番性凶悍，发际多结羊毛"。

㊱俳语：作者诗集名，意指戏笑、诙谐的言辞。

【简析】

这一组诗属于竹枝词。竹枝词是一种诗体，由古代巴蜀民歌演变而来。唐代刘禹锡把民歌变成文人的诗体，对后世影响很大。竹枝词的格律基本上是七言绝句的形式，内容多写风土人情、男女爱情等，有浓郁的乡土风味和生活气息。语言流畅，雅俗共赏；节奏明快，诙谐风趣；且竹枝词以记事为主，以诗存史，保留了大量有价值的"第一手资料"。

作者从江南水乡的婺源来到盐源这个偏远闭塞的蛮荒之地任知县，环境反差之大可想而知。他在公事之余，以竹枝词的形式记录了对盐源的观感，内容十分丰富，涉及风俗、民族、宗教、交通、农业生产、土司、贸易、娱乐、婚姻、气候……为我们留下了一幅幅三百年前的盐源民俗百态图，十分珍贵。

李拔萃

李拔萃，西昌人，入盐源学，清乾隆二十七年（1762）举人，精经学，善考据；亦善诗文，惜多散佚。

咏望海楼①

古柏树前望海楼，楼前海阔水悠悠②。
凭栏远眺珊瑚景，到处人烟一目收。

【注释】

①望海楼：指西昌泸山光福寺之西楼。

②古柏：泸山光福寺有汉柏一株，望海楼位于古柏树之前，面对邛海，汉柏后枯萎。

【简析】

从望海楼俯瞰邛海，顿觉豁然开朗，远山近水尽收眼底，无比舒畅。

咏渔户

大小渔村福自然，深潭绿水有根田。①
不用犁锄收获早，醉饱无忧白昼眠。

【注释】

①大小渔村：邛海北岸有大渔村、小渔村，村民大都以渔为业；根田：本指赖以谋生的田地，这里指邛海。

【简析】

这首诗形象地描写了邛海岸边渔民衣食无忧、怡然自得的世外桃源般的生活，更是寄托了作者的一种向往。

建昌破天荒记

建昌，古邛都也。《禹贡》梁州之境，天文井鬼之区①。汉曰越嶲，隋曰西宁，其间改置不一也。元至元为建昌路，明洪武为建昌卫。

僻处边隅，风化莫及。守官者，莫能振其靡，居土者，莫能奋其力。每设于吏，故人才剥落，天荒、地荒、人荒，自开辟建昌卫如是也。殆至邹鲁之化渐及，文人之运渐开②。

人稠地密，其中崛起而显荣者众矣，而科甲殊未开也。及雍正八年置宁远府，改建昌卫而为西昌焉。州以会理，卫以越嶲，皆所辖也；统盐源、冕宁、盐中所、德昌所、米易所，地至广也，而人文肇起矣。

乾隆初古城杨衍，以拔贡入京师，而议宁字额举③。旋即乡试举于戊午科。此开从前未有之奇也。继后高山堡巫必中举于辛酉，会理车仕新举于丁酉。

乾隆十三年戊辰岁，江右王公恺伯以科甲之才，奉命守此，加意人才，栽培风化，不惜才，不吝教；俾教谕黄坦为师；特问书院，予多方鼓舞，耳提面命④。于是英豪贤集，拔萃与焉。

期年文气顿开，士风丕振⑤。清真雅正之风，前绍金陈；诗词歌赋之技，远追李杜⑥。己巳岁王公荣升，道于永宁⑦。壬申拔萃与毛友万铨赴以恩科⑧。

窃以开化者江南恺伯，开风者古城杨衍、高坡冯文郁、毛屯毛万铨功也；故萃不揣援笔为志，用以示后人⑨。

乾隆丙子春三月记⑩。

【注释】

①井鬼：二十八星宿中属南方朱雀七星中的两个星宿，《禹贡》

称为梁州之地。

②邹鲁之化：指文明之风化。邹：孟子的故乡；鲁：孔子的故乡。

③拔贡：科举制度中选拔贡入国子监的生员之一种，清初定于六年一次，乾隆年间改为十二年一次，每府学一名，州、县学各一名。

④江右：指长江下游以西的地方；俾（bǐ）：使；耳提面命：形容热心恳切地教导。

⑤期年：一年；丕（pī）：大。

⑥李杜：指唐朝诗仙李白、诗圣杜甫。

⑦道于永宁：指王恺伯调任永宁道台。

⑧恩科：指科举制度中逢朝廷庆典，特别开科考试。

⑨窃：作者自称之谦词；不揣（chuǎi）：犹言不自量，谦词。

⑩乾隆丙子：1756 年。

【简析】

文章叙述了清代宁远府地区的建置沿革和教育、科举逐渐兴盛的艰辛历程。可见国家对行政区划的调整和地方官的作为，对于一个地区经济、文化发展的重要性。

李拔萃

谢继申

谢继申（1777—1862），四川南部县人，清嘉庆丙子科（1816）举人，清咸丰三年（1853）任盐源县训导。

公母山歌

太极初分阴阳后，天地阖辟先夫妇①。
东华真气王公受，西华妙气降王母②。
大父大母本乾坤③，公母之名从此有。
乾坤六字男女奇，为长为中为少各配之。
此山公母自倡随，何异震巽艮兑与坎离④。
双石对峙廿余丈⑤，天然结发恩爱两不疑。
草木皆兵八公异，未闻八母在何地。
巫山十二峰，累累阳台惟传神女至。
孤阴孤阳两无情，争似此山雌雄并蒂为得意⑥。
太华峰顶仙掌伸⑦，亦见仙人手泽新。
玉女之精戏水滨，双鬟窈窕露双身。
天外三峰各鼎峙，争似此山骈体合抱为最亲。
一而二之二而一，宛然淑女君子成令匹⑧。
雨为淋兮风为栉⑨，幕天席地宜家室。
诸峰罗列皆儿孙，二老终古犹促膝。
堪笑骈头且比肩，晨夕依依未曾眠。
两情缱绻复缠绵⑩，中分一字走云烟。
何等亲密严界限，欲携疑案搔首问青天。
岳视三公班爵早⑪，此山亦自有臣道。
老臣一妻即偕老，寡欲清心能寿考⑫。

举案齐眉天地间，几番沧海桑田犹永好。
伉俪不特虚名扬，毓秀钟灵发育长。
人怀小石入闺房，旋梦熊罴叶弄璋。⑬
以故祷拜频来往，益信嵩生岳降非荒唐。
天地橐龠运机轴，大生广生妙化育⑭。
气感男女生意仗，此山佳偶何雍睦⑮。
行云行雨朝暮同，亘古相亲未反目。
敬之如宾两意融，传神尽在阿堵中⑯。
不即不离始相终，有意无意色皆空。
如此光明情欲许人见，奚啻月生于西日生东⑰。
并立不移昭今古，铁石心肠石肺腑。
本以两大为恃怙⑱，而实四境之宗祖。
君臣父子夫妇兼，不废天下达道大伦五⑲。
忠臣孝子偶登临，陟屺陟岵寄情深⑳。
王事靡盬忧且吟，看山一动形役心㉑。
高堂无恙如此石，长与苍生沛甘霖。
思妇离人来游眺，感怀室家不忍笑。
陟彼高岗伤年少，石不能言比人妙。
睹此和谐两不离，怨女旷夫发长啸。
淫夫荡妇若偕来，对此山石好徘徊。
壹与之齐终不开，偶居两两各无猜。
顽石犹贞不二戒，乘兴而来兴尽回。
更有牧童与樵子，田妇野老同至此。
膝下瞻依说毛里㉒，十目所视十手指。
但见相对不笑亦不言，亿万千岁好合有如此。
文人携酒纳屐游，应感此石笑女牛㉓。
聘钱隔断双星忧，盈盈一水愁对愁。
天胡不管人间事，一任此山琴瑟之绸缪㉔。
最喜邑人识臧否㉕，闲来登高话桑梓。
邑有德政颂声起，召父杜母群相拟㉖。
岩岩石与南山比，具瞻之民忻忻喜㉗。
不言赫赫不言彼，但闻呼父母而歌，君子之乐只。㉘

谢继申

023

【注释】

①太极：古代哲学家称最原始的混沌之气，谓太极运动而分出阴阳，由阴阳而产生四时变化，继而出现各种自然现象，是宇宙万物之源；阖（hé）辟：闭合与开启，唐杨炯《浑天赋》："乾坤阖辟，天地成矣；动静有常，阴阳行矣。"

②东华：道教仙宫名，东华为男仙所居，以东王公领；西华为女仙所居，为西王母领。

③乾坤：指天地、阴阳等。以下几句均为《易经》有关原理。

④震巽（xùn）艮（gèn）兑与坎离：震、巽、艮、兑、坎、离均为《易经》中的卦名，加上乾、坤，合为八卦。

⑤廿（niàn）：二十。

⑥争：怎么。

⑦太华：指西岳华山，在陕西省渭南市华阴市。

⑧令：美、善。

⑨栉（zhì）：梳头。

⑩缱（qiǎn）绻（quǎn）：形容情意深厚。

⑪三公：古代朝廷三种最高官衔的合称，周以太师、太傅、太保为三公；班爵：爵位、官阶。

⑫寿考：年高、长寿。

⑬怀小石：据传久婚不孕者到公母山朝拜后怀揣其小石回家必能如愿；梦熊罴（pí）：罴，棕熊，古人以梦中见熊罴为生男孩的征兆，见《诗经·小雅·斯干》。

⑭橐（tuó）籥（yuè）：古代鼓风吹火用的器具，《道德经》："天地之间，其犹橐籥乎？虚而不屈，动而愈出。"比喻生生不息。

⑮雍睦：和谐。

⑯阿堵：南北朝时的口语，犹如"这、这个"。

⑰奚啻（chì）：何止、岂但。

⑱恃（shì）怙（hù）：《诗经·小雅·蓼莪》："无父何怙？无母何恃？"后以恃、怙作为母亲、父亲的代称。

⑲大伦五：即五伦、五常，封建宗法社会以君臣、父子、夫妇、兄弟、朋友为五伦。

⑳陟（zhì）屺（qǐ）陟岵（hù）：指久居在外的人想念父母，见《诗经·魏风·陟岵》。陟，登；屺，无草木的山；岵，有草木的山。

㉑王事靡盬（gǔ）：《诗经·小雅·采薇》："王事靡盬，不遑启处……"大意是征役没有休止，哪有片刻安宁；形役心：指为生活所迫，不得不做一些违心的事，陶渊明《归去来兮辞》："既自以心为形役，奚惆怅而独悲。"

㉒毛里：喻父母之恩，《诗经·小雅·小弁》："不属于毛，不离于里。"毛传："毛在外阳，以言父；里在内阴，以言母。"

㉓女牛：指织女星和牵牛星。

㉔胡：疑问词，为什么；绸缪：缠绵，情意深厚。

㉕臧（zāng）否（pǐ）：善恶，得失。

㉖召（shào）父杜母：指西汉召信和东汉杜涛，他们都曾任南阳太守，均有善政，犹民之父母，是颂扬地方长官的套话。

㉗忻（xīn）忻：欣喜得意貌。

㉘赫（hè）赫：显赫盛大貌，《诗经·小雅·节南山》："赫赫师尹，民具尔瞻。"乐只（zhǐ）：和美，快乐，只为语助词。

【简析】

这首长诗惟妙惟肖地描写了公母山的奇景，曲尽其妙地展现了世间情爱，且富天地、自然之哲理。

谢继申

陈应兰

陈应兰，清顺天府大兴县监生，原籍浙江杭州，乾隆间任盐源县典史（《邛嶲野录》），盐源县丞（驻盐中，今西昌佑君镇一带）。曾署冕宁县知县（清代陈震宇本《盐源县志》），乾隆三十二年（1767）曾任德昌巡检（《德昌所志略》）。

盐源竹枝词①

一

白雪阳春逊众公，侬家惭住苎萝东。
效颦雷门布鼓过，②留与世人备采风。

二

金莋名传汉魏间，白云深锁万重山。
阴晴无定春犹雪，二千年来愧化蛮。③

三

一年大是半年风，镇日风沙遮碧空。
盼到柏林逢上巳④，珠帘高卷百花中。

四

打冲河水接金沙，半绕蛮家半汉家。
每到淹青舟禁渡，健儿飞箭最堪夸。⑤

五

花县山多地不多⑥，年年绝听插秧歌。
苦荞种罢甜荞种，丰岁青稞获几箩⑦。

六

耕种男闲女最忙，倩郎炊爨送茶浆。
鸡鸣姊妹青娥敛，一驾牛工趁早凉。⑧

七

家家六月盼天晴，露宿村郊仗月明。
一枕鸳鸯求好梦，大姑约伴小姑行。⑨

八

高悬彩架接云天，共庆新年胜旧年。
姊妹艳妆争夺丽，倩郎抛索送秋千。

九

取次贪欢情太浓，风流肠断绝形踪。
纵然化作双蝴蝶，未必花间得再逢。⑩

十

儿女团圆怕别家，长江纵远走金沙。
黄童总角能驰马⑪，白叟年高未见槎。

十一

荒蛮雅化近振振，解读诗书学汉人。
堪羡八家诸子弟，竹林同伴采香芹。⑫

十二

月到中秋月色和，妾家姊妹惹情多。
个中最羡幺兄弟，日赚金银夜听歌。⑬

十三

百里松场绿荫青，苍颜铁杆老龙形。
蛮儿采药深山去，斗大如瓜得茯苓。⑭

十四

合井松烟火昼燃，羡他煮海白如棉。
贫家妇女无生计，尽在锅庄土灶边。⑮

十五

羊皮唯有此间多，妇女身披当绮罗。
蔽风蔽雨还蔽日，背薪背水到山阿⑯。

十六

城乡强半住山坳⑰，板屋支离一样牢。
每到岁时新气象，家家遍地垫松毛。

十七

松明采取不为薪，夜照辉煌户户珍。
妾若嫁时须择婿，从今不嫁卖油人。

十八

西番蓬鬓发髭鬖⑱，腰佩环刀最慑人。
每遇秋来争戏猎，柴弓射鹿各称能⑲。

十九

正月无工不下田，家家酿酒逼清泉⑳。
猪膘百个柴千背，村户团圆庆过年。

二十

小官河下产铜胎，多谢王郎飞报来。
一片万斤无法取，山羊宰杀祭千回。㉑

二十一

蛮家美食野牛猪，若得山驴获宝珠。
欲向岭头巡猎去，便烧羊膀问筮巫㉒。

二十二

呷呱水宽渺冥冥，千层雪浪漾银心。
蛮儿不用皮船渡，骑个横吞过远汀。㉓

二十三

酥油炒面味腥臊，血食牛羊只去毛。
最是白夷能变鬼，须防金靠与金尻。㉔

二十四

高烧火把过新年，生食盘餐列坐圆。
醉后明家歌最好，声声低映口琴弦。㉕

二十五

毕生不嫁意何征，两字姻缘簿不登。
家事掌归姑白发，名头一个最能夸。㉖

二十六

蛮烟瘴雨染山岚，匏系年年着意探。
漫道冷官无所赚，竹枝传唱到江南㉗。

【注释】

①这一组诗选自清代陈震宇本《盐源县志》，原诗三十首，今选二十六首。

②"白雪"以下三句：这几句都是作者自谦之语。白雪阳春：比喻精深高雅的文学作品；逊（xùn）：有差距，比不上；侬（nóng）：我；苎（zhù）萝，即苎萝村，在今浙江省诸暨市南，相传为春秋时越国美女西施出生地；效颦（pín）：比喻机械模仿，有成语"东施效颦"；布鼓雷门：指以布做成的敲不出声响的鼓和雷门的大鼓相比，比喻在高手面前卖弄本领，雷门即会（kuài）稽山（今浙江绍兴市）的城门，有大鼓，鼓声洪亮，可传到洛阳城；。

③金笮：指定笮，笮即筰，盐源于汉武帝时建定笮县；化蛮：文

明开化于蛮荒之地。

④上巳：上巳节，即"三月三"。此诗原注："县南五里柏林山有风洞，每年小阳月起终日狂风，居民闭户。逢三月三日，夷民请官长用牛羊祭山后，风渐息，百花始放。"

⑤"每到"以下二句：淹青：指夏季涨水淹没两岸庄稼；飞箭：指用飞箭传递紧急公文。

⑥花县：似指县内山地种植荞麦、青稞等多种农作物，开花时节五彩缤纷。

⑦箩：计量单位，"市卖论箩不论石（dàn），每一箩五升，合仓斗一石"。

⑧"倩（qiàn）郎"以下三句：爨（cuàn）：烧火做饭；敛：指收束容妆；一驾牛工：原注"土人牛工以二牛驾犁，天明耕至日落止名一驾，论驾不论亩"。

⑨"家家"以下四句：原注"土俗六月十三日夜起至十六日夜止，闺女结伴夜宿田野，名曰求梦。得佳梦者父母称庆，是年必获偶。屡经化导是风渐减"。

⑩"取次"以下四句：取次：任意；风流：原注"夷俗男女私通，情愿自采断肠草和酒饮，肠断同死，名曰风流逝"。

⑪黄童：幼童；总角：古代儿童的发髻。

⑫"堪羡"以下二句：八家：右所土司姓八；采香芹：指考中秀才，成了县学生员，古时学宫有泮（pàn）水，入学则采水中之芹以为菜，故称入学为采芹、入泮。此诗原注"瓜别、中所、右所各土司皆教民读书，右所八仕昌之胞弟并侄俱为诸生"。

⑬此诗原注："土俗，逢中秋妇女结拜姊妹，十女一童，男为幺弟，名曰十姊妹。自月圆起至月缺止，夜欢饮，唱《打草竿》《太平年》等曲，合境歌声呜呜；姊妹共出金银，交与老幺执掌，以备食物；其长姊赠弟以鞋帽等物。"

⑭此诗原注："县治多古松茯苓（líng），惟瓜别夷民获最大者，如五斗瓮。"茯苓，中药。

⑮此诗原注："白盐井池一口，共六十六口半灶，以松柴煎烧盐二十七个，如凉帽篷形，重五六斤不等。孤贫以三石支锅煎松明盐，重不过三斤，易米糊口，名锅庄盐。"

⑯山阿（ē）：山岳、小陵。

⑰强半：多半、大多数；山坳（ào）：山间的平地。

⑱发髭（zī）鬒（zhěn）：发指头发，髭指嘴上边的胡子，鬒指头发稠而黑。

⑲柴弓：以桑木为弓，名柴弓。

⑳逼：逼真。

㉑"小官河"以下四句：此诗叙述的是一位王姓青年在小官河中发现一巨型铜块（铜胎），报给官府；周围砌墙用火炼难以熔化，后宰羊杀猪祭祀后渐取之。小官河，在盐源县金河乡附近。

㉒筮（shì）巫：占卦祈祷。

㉓"呷（xiā）呱"以下四句：此诗原注"呷呱河在木里寨，河宽水涌，流入金沙江；无桥舟梁桴，夷民以羊皮造成蟹壳形为船，名曰皮船……用生羊皮吹胀骑渡名曰横吞，能渡河不沉"。

㉔此诗原注："白夷喜变鬼，下蛊毒害人。每于饮食间下之，饭曰金靠，饮曰金尻（kāo）。"

㉕"高烧"以下四句：此诗言火把节的欢快情景，如过新年。原诗注："明家亦夷种，有明家曲声，低细最佳。"

㉖征（zhēng）：验证、证明。此诗原注"夷俗，有女终身不嫁为贤，母家生色，自称大户；其家业尽归老女掌管，'名头一个有'，系夷人自夸之语"。

㉗匏（páo）系：《论语·阳货》："吾岂匏瓜也哉，焉能系而不食？"后以"匏系"为羁滞。此诗言作者羁滞盐源数年，有意探访民风民俗，辛苦创作竹枝词。

【简析】

作者为江南人，在盐源任职期间，着意观察探访这里的民情风俗，写下了这一组极富生活情趣的竹枝词，语言形象生动而有地方色彩，内容涵盖了地理、气候、交通、出行、生产劳作、饮食服饰、文化教育、婚姻爱情，以及土司、制盐，等等。尤其描写了少数民族的一些风俗，具有不可多得的史料价值，可与王渔亭的竹枝词媲美。

徐梦陈

徐梦陈，号竹崖，直隶房山（今北京市房山区）人，进士。清嘉庆十年（1805）任盐源县知县，有政绩。"听断狱讼，务尽情理，视民若子，急公忘私，艰钜不惊，廉明自靖"。清光绪《盐源县志》载有陈震宇所作《邑侯徐公竹崖德政纪略》。

巡阅土司境内口号①

祁寒暑雨小民叹，惟有夷民苦更难。
毡片羊皮聊御冷，糌粑荞米藉充餐。
征输已应蛮家赋，力役还供汉氏官。
频向穷檐询疾苦，莫将巡阅等闲看。②

【注释】

①据清代陈震宇道光本《盐源县志》。口号：随口吟成，和口占相似。

②"祁（qí）寒"以下几句：祁寒：严寒；夷民：指少数民族；糌（zā）粑（bā）：用炒熟的青稞磨成的面，吃时加上酥油茶或者青稞酒拌合，再捏成团儿；征输：征收税赋输入官府；蛮家：这里指土司；穷檐（yán）：指茅舍、破屋。

【简析】

盐源自古以来就是一个多民族杂居的边远之地，且地域辽阔，包含今之木里、盐边两县及西昌市的佑君镇，绝大部分地区由当时的土司控制，有所谓"五所四司三码头"之称。作为地方长官，作者深入贫苦的少数民族家中亲眼见到他们生活之艰辛、税赋之沉重。作者通过朴素的描写，字里行间流露出殷殷爱民之情，难能可贵。

周东兴

周东兴，盐源县人，清嘉庆乙酉（1765）科拔贡生，曾主讲盐源柏香书院。

秋游公母山

古刹双峰落，飞来势路斜。
扪萝缘石磴，语梵看天花。①
采药松声问②，留人驻足夸。
云山谁做主，端的在诗家③。
繁华都关过④，方信此中幽。
门掩深山寺，情忘小市筹⑤。
心清钟报晓，目净月为秋。
往来兼猿鹤，宜同狎水鸥⑥。

【注释】

①扪（mén）萝（luó）：攀缘葛藤，唐宋之问《灵隐寺》："扪萝登塔远，刳（kū）木取泉遥。"磴（dèng）：石头台阶；语梵（fàn）：诵经；天花：佛教语，天界仙花。

②采药：唐贾岛《寻隐者不遇》："松下问童子，言师采药去。只在此山中，云深不知处。"

③端的（dì）：果真、确实。

④都（dū）关：主关，中心关隘。《晋书·天文志上》："建星六星在南斗北，亦曰天旗，天之都关也。"

⑤情忘小市筹：大意为忘却了凡尘闹市中的算计、筹划。

⑥狎（xiá）：亲近、接近。

这首诗描写了公母山雄伟的山峰和清幽的环境，置身其中足以忘却尘世的纷扰。

柏香书院碑序

记有之化民成俗，莫善于学。唐虞三代之盛，胥是道也①。秦弃诗书，二世而亡。汉兴以来，敦尚经术，宾延儒学，继以章明。临雍拜老，虎观谈经，而圆桥观听，化被匈奴②。是以教立于上，俗成于下。

逮我圣朝，光华复旦，文运昌隆，自京师以及府县，修明庠序，增广学额，养士之恩特隆，千古人文之盛，亿万斯年；唐虞两汉，莫是过也③。然得人之效，责在长吏。司马温公有言："教化，国家之急务，而俗吏漫之④。"我筦邑地属边陬，向鲜弦诵，县试不过三百余人，而西昌歧考者居三分之一⑤。而每届取入，究其在本县者不过一二名，诚为有学额之名，而无一之实也。

于道光十三年各童县试时，众捐入籍银一百数十金。兴与阁学等请县培修学校，郑明府饬于本城修建书院合考棚一署。谕令邑廪董领募捐劝事，并捐俸银三百两。⑥以近城职员谢凤岐殷实老成，一手监修。甫经革创，郑明府卸篆，经费不敷，以致大功未竣；况飘摇风雨，几叹鞠草⑦。惟我鹤轩王明府来署斯邑，首重文教，以书院未兴为急务⑧。饬农官陈崇训查勘四坛官地所出，以为膏火之资；缘各坛户侵占历年视为己业，与及邑廪谢结成、陈友俭等始查嘉庆二年案卷，缕析呈禀；适鹤轩明府晋省沃堂，陈明府到任接案，札饬兴等办理⑨。而北坛各户翻控府辕，兴等更由学宪呈禀，嗣蒙府宪提案，谢结成、陈友俭赴郡质明，实属官地，著归书院承租在案⑩。然所议租息，尤属画地之饼。自我鹤轩明府复任，加意学校，以五日京兆捐廉开设义学，尤为当代贤侯所罕有者⑪。于是招集生童在于书院开山，一面筹款经费，重将书院修理，补葺破败，自头门讲堂至三堂，通计三十余间，东西号舍四百有余，窗棂房舍颇极宏广，黝垩丹漆备举以法；并计每年坛地所收租息得二百数十金，量入为出，勉敷膏火之资⑫。以束脩未及丰厚，弗能远延明师，嘱兴权为主讲，厘定规条，通详上宪，永定章程⑬。窃书院自始创至今，八易寒暑，永观厥成；以山城僻处，化被弦歌，文翁教蜀，何多让焉⑭。昔鲁僖以泮宫发颂，齐宣以稷下垂声，将来吾邑文教振兴，诸君子蔚为国材，皆吾贤大夫之作育，邑绅之资助也⑮。兴乐观雅化，稍分笔墨奔走之劳，欣喜鸣盛，故得略记其梗概焉。

【注释】

①柏香书院：今盐源卫城小学前身；唐虞（yú）：唐尧和虞舜的并称，亦称尧与舜的时代，古人以为太平盛世；胥（xū）：都，皆。

②临雍：亲临辟雍，辟雍本为西周天子所设大学，亦常为祭祀之所；虎观：指白虎观，为汉宫中讲论经学之所；圆桥：清乾隆时新建辟雍，水池环绕，东西南北各建一座石桥通达四门，称圆桥；被（bèi）：到，及。

③逮（dài）：到，及；庠（xiáng）序：古代的地方学校，后亦泛称学校；斯：语助词，无义；是：此，这。

④司马温公：指北宋政治家、史学家、文学家司马光；漫，通"慢"，怠慢。

⑤边陬（zōu）：边远偏僻的地方；鲜（xiǎn）：少；弦诵：弦歌和诵读，指学校教学；歧考：指通过其他途径参加考试。

⑥兴：作者自称；郑明府：指时任盐源县令郑望溪；饬（chì）：命令；廪（lǐn）：粮仓，这里指廪生；董领：监督管理；勷（xiāng）：同"襄"，辅助。

⑦卸篆：卸任，"篆"指官印；鞠草：谓杂草塞道，形容衰败荒凉的景象。

⑧鹤轩王明府：指王寿天，字鹤轩，山东灵石县监生，道光十四年署理盐源县事。

⑨膏火：指供学习用的津贴；晋省（xǐng）沃堂：大意指回家探望父母；陈明府：指后来接任的陈姓知县；札：古代指公文。

⑩学宪：即提督学政，朝廷派往各省主管教育的官员；质明：这里指对质、查明。

⑪五日京兆：比喻任职时间短或即将去职；京兆：即京兆尹，古

时国都所在地的行政长官。

⑫黝（yǒu）：黑色；垩（è）：粉刷墙壁用的白土。

⑬束脩：指教师的薪俸；权：暂且；厘定：整理制定；上宪：指上司。

⑭窃：私下，私自，谦辞；厥：其；文翁教蜀：文翁，汉景帝时为蜀郡太守，"仁爱好教化"，在成都建学馆、兴教育，蜀郡自是文风大振，教化大兴，今犹存"文翁石室"。

⑮泮宫：传说泮宫为春秋鲁僖公筑于泮水的宫室，初为饮酒作乐、演武庆功之所，汉代始作为诸侯的学宫；稷（jì）下：战国齐都城之西门稷门附近地区，传说齐威王曾在此建学宫；作育：培育，造就。

【简析】

这篇序文较详细地叙述了柏香书院（即今天的盐源县卫城小学）创办的艰辛和曲折历程，反映了边远山区兴办教育的不易，也表现了古代地方官员、士绅、平民对教育的重视和对文化的渴求。这正是中华民族生生不息的文脉延续之缩影。

周东兴

陈震宇

陈震宇（1783—1845），字一岩，号人斋，盐源县白洁河人。幼聪慧绝伦，诵书日千言，历久不忘。24岁中丁卯科举人，三试礼闱不第，遂绝意仕进。道光十八年（1838）主讲会理金江书院，一时才士多出其门。其为人"寡言笑，貌如枯僧"，然"于学无所不窥，而诗犹邃"（《墓志》），尝撰《盐源县志》（手抄本一卷），是盐源县迄今较早的珍贵史料。又"生平所著诗、古文、赋甚多，皆散佚，唯《北上旅游草》若干卷行于世"（《邛嵩野录》）。参见后《陈震宇先生墓志铭》。

和陈应兰竹枝词原韵①

一

流寓诗人得巨公，竹枝闻已过江东。
闻闻见见惭貂续，愿备巴吟号土风。②

二

蕞尔崖疆绝徼间，环城无限好青山。
探奇谁具永嘉兴，遮莫名区露百蛮。③

三

文翁曾否沛余风，负弩遗踪问总空。
六诏烟霾消已久，后先司马入滇中。④

四

杂谷种来心不忙，风催苗长雨催浆。
近山迟熟滨河早，数里分明异燠凉⑤。

五

最宜夏雨与秋晴，丰歉俱堪逆料明。
祈谷祷雩都未讲，劳农频望尹车行。⑥

六

半由地脉半由天，土著凋疲异昔年。
寥落香城梅易堡，春风闲却架秋千。⑦

七

为名为利念不浓，甘从蒿径老孤踪。
村氓岂尽忘知识⑧，不向关河远处逢。

八

山腰小聚几人家，一路黄泥接素沙。
多畜牛羊称大户，赢他客子惯车槎⑨。

九

冷落冠裳久未振，浪传不重读书人。
柏林秀毓应蒸蔚，叠见童年掇泮芹⑩

陈震宇

十

异齐风气味难和，因是诸方杂处多。
做客好奢成习惯，拼钱日日醉笙歌。⑪

十一

四围山色郁青青，斤斧纷销旧美形。
培养若非筹十载，他年何处觅苓苓。⑫

十二

享泓一井信多奇，绠汲由来仗竹枝。
利泽如何机屡试，桔槔惭愧仗人词。⑬

十三

柴车雷转火星燃，赖有盐泉汇泽全？
剩水何妨分老稚，忍教枵腹哭锅边⑭。

十四

盐以民稠价渐多，煎商谁不厌绫罗？
盈壑漏卮由侈败⑮，几人捆载返关河。

十五

名山祭域任樵薪，柴到棚边视若珍。
四月亢旸八月潦，高低都怨做柴人。⑯

十六

漫传银种与金胎，逐臭何堪滚滚来。
司牧剧怜蛾扑炬，殷勤告诫费多回。⑰

十七

夷民春夏宰豚猪，禳却山头雹似珠。
云阵黑垂呼喝散，大家拍手谢村巫。⑱

十八

旧传风景总沉冥，何处银湾映曙星。
剩有清流晴绕郭，城头遥数几沙汀。⑲

十九

夷风莫道杂腥臊，此日曾非旧不毛。
瘴雨山岚销尽久，不愁虾蛊与金尻。⑳

【注释】

①这一组诗选自清代陈震宇本《盐源县志》，原诗共二十九首，今选十九首。陈应兰竹枝词，见前。

②"流寓"以下四句：流寓：在异乡日久而定居；巨公：大师、大人物，指原诗作者陈应兰；江东：泛指长江下游地区；续貂（diāo）：即狗尾续貂，比喻差的东西接在好的东西后面，极不相称，这句是作者自谦语。

③蕞（zuì）尔：形容地区小；绝徼（jiào）：极远的边塞之地；永嘉：浙江省永嘉县，以山水秀美著称。

④负弩：背负弓箭，开路先行，古代迎接贵宾之礼，《史记·司马相如列传》："乃拜相如为中郎将，建节往使……至蜀，蜀太守以

下郊迎，县令负弩矢先驱。"六诏（zhào）：唐代位于今云南及四川西南的乌蛮六个部落的总称，即蒙巂诏、越析诏、浪穹诏、邆（tēng）睒（shǎn）诏、施浪诏、蒙舍诏，"诏"意为王或首领，唐开元二十六年后，蒙舍诏并吞其他五部，史称南诏（因其在五部之南，今巍山县南境），当时盐源地属六诏，为香城郡；后先司马：原诗注"县自汉武遣唐蒙暨司马相如持节入南，始与华通；定筰之名，乃史语也；司马迁亦尝通滇南之道"。

⑤燠（yù）：暖、热。

⑥祈谷：祈求谷物丰熟的祭礼；祷雩（yú）：祷雨；都未讲：都没有讲究了；尹车：指官员的车马。

⑦梅易堡：即今梅雨镇；架秋千：搭彩架荡秋千，此句指该风俗不见了。

⑧氓（méng）：古指百姓。

⑨槎（chá）：木筏。

⑩"叠见"句：指考取秀才。此诗原注："前此近县绝无读书游泮者，里俗有子俊秀者宁为兵吏；今则渐知求名矣。尚望在上者，有以培植之。近年入泮者不绝，亦地气将开之兆。"掇（duō）：摘、选取；泮：泮宫，古代指学校。

⑪此诗原注："县属如盐井通衢，五方共聚，奢侈之风，日新月盛；此宜为抑制也。"

⑫斤：斧子、斧头；销：去掉、消失；芩（qín）：黄芩；苓：茯苓。此诗原注"县黄芩、茯苓诸物，近日山林将尽，诸物少矣"。

⑬一井：指采盐之井；绠（gěng）：汲水用的绳子；汲（jí）：从井里打水；桔（jié）槔（gāo）：一种提水的工具，在井边架一横杆，一头绑上重物，另一头系上水桶，利用杠杆作用把水提上来。此诗原注"盐井用竹竿系水桶而汲，近日始以轱辘引水，搜利无遗务为机变之计也"。

⑭枵（xiāo）腹：空腹，谓饥饿，也指饥饿的人。此诗原注"盐井水供灶额外，余者许孤贫浥渚，旧志谓以三石支锅煎成，名锅庄盐；历来公私知而不问，无非仰体国家恤贫之德，意至美也。近日煎户获利无遗，动辄以私盐鱼肉之，良为堪悯"。

⑮盈壑（hè）漏卮（zhī）：三国曹植《与吴季重书》："食若填巨壑，饮若灌漏卮。"比喻奢侈浪费。此诗原注"煎灶商民非无美利而奢靡无度，故负债者多年"。盈，充满；壑，山谷深沟；卮，古代一种盛酒的器皿。

⑯名山：指柏林山；祭域：即祭祀区域；樵薪：打柴；亢（kàng）旸：指旱灾；潦（lào）：通"涝"，即雨水成灾。此诗原注"县属柏林山，自明永乐年岁祭于暮春，载在祀典。近则频年砍伐，山之童久矣。旱潦不时，未必非此山之故"。

⑰司牧：这里指地方官吏。此诗原注"县属瓜别金厂、木里银厂，屡奉严禁，而逐利者走险不止，邑侯先事劝导，诚美意也，其如执迷弗悟者何"。

⑱豚（tún）：小猪。此诗原注"县于夏秋多雹，夷人先时祭赛，遇日烈风骤，共呼喝之"。

⑲"旧传风景"以下四句：参见后《盐源八景》。沉冥：泯（mǐn）然无迹。此诗原注"旧志盐源八景有玉柱朝晖、银湾夜月，今皆不可考。环城诸水曲注百里，银泻带横，亦致足观也"。

⑳"夷风"以下四句：参见前陈应兰《盐源竹枝词》注。不毛：指不毛之地；此诗原注"皆夷地瘴毒名"。

【简析】

这一组竹枝词是陈震宇为陈应兰《盐源竹枝词》写的和诗。写作时距陈应兰在盐源时已过去六七十年，很多民情风俗已发生了变化。陈震宇有注云："前江左司马陈应兰摄盐邑分司时，作盐源竹枝若干首，足备邑故事。但其时民物凋敝，土俗寨野，故言之多不雅训，且详于夷俗而略于汉民。今则文物渐兴，风教亦殊，良由国家教养生息之恩深。"虽属应和之作，由于作者熟悉民情风俗，又是辞章高手，故其诗语言生动，真实地反映了独特的民族乡土风味，十分珍贵。

陈震宇

定筜考试竹枝词①

一

皓首伏生志本雄，风檐曳杖气如虹。②
开篇欲看惊人句，题目原来是幼童。

二

入场多半是娃娃，真个后生可畏耶。
提号忽然都不见③，险些吓坏小冤家。

三

七艺竟能一日成，才堪倚马把人惊。
文章看去非题语，录旧只因是代名。④

四

号少人多座位争，题牌门扇两边横。
选些未冠当阶坐⑤，免得作文气不平。

五

看罢文场又武场，人多马少气难扬。
雕鞍屡上浑无力，箭作长鞭笑两行。⑥

六

果然半道把身翻，吓得旁人都吊魂。
幸赖乌骓能爱主⑦，力疲不动似羔豚。

七

才把天山三箭定，又从百步看穿杨。
东西忽见人纷窜，恐怕弯弓带误伤。

八

莫言边地少英豪，文武两班有后髦⑧。
铁网一收珠已尽，龙门指日看翔翱。

【注释】

①这一组诗选自清代陈震宇本《盐源县志》。

②皓（hào）首伏生：指年纪大的考试学生；皓首即白头，指老年人，伏生，即汉时济南人，原秦博士，治《尚书》，秦始皇焚书，伏生以书藏壁中，汉兴后，求其书已散佚，仅得二十九篇，以教于齐鲁间，文帝即位，闻其能治《尚书》，欲招之，然伏生年已九十余，老不能行，乃诏太常掌故晁错往受之，西汉《尚书》学者，皆出于门下，风檐：指科举时的考试场所；曳（yè）：拖，拉；杖：手杖。

③提号：考试前点名、对号。

④"七艺"以下四句：此诗描写代考之弊。七艺：考试的各种科目。

⑤未冠（guàn）：古代男子二十岁而加冠，故未满二十岁的为未冠。

⑥箭作长鞭：指射箭太近，仅似长鞭。

⑦乌骓（zhuī）：楚霸王项羽所骑战马。

⑧后髦（máo）：指后起之秀。髦：古代幼儿垂在前额的短发，是男子未成年的装束。

陈震宇

【简析】

　　这一组诗让我们看到了两百年前边远小县文武科举考试的场景，生动形象、风趣幽默，如临其境、如闻其声。

盐源八景（五古各一首）①

玉柱朝晖②

孤峰谁削成，玉立撑天柱。
朝日上曈昽③，照破千山雾。
莫疑赤城霞，气暖蒸琼树。

银湾夜月④

夜色佳以月，月在水逾佳。
上下空明间，清华孰与偕。
金波既潋滟⑤，一湾如银揩。
曲曲洗云影，皎洁澄心怀。

龙潭异迹⑥

尺泽潜风雷⑦，中有蛟龙宅。
从云致雨声，不嫌此潭窄。

风洞仙踪⑧

万窍呼以号，天地发真籁。
小小土囊口，却有元功在。

木里飞锡⑨

不远天竺国，香僧多佛徒。
云雾雪岭间，千年飞锡孤。

井灶浮烟⑩

伏流滋卤泉，熬波能出素。
朝烟夹山岚，昏烟兼市雾。
愿烟不化云，散作天浆注。
扫地若成盐，和气生处处。

河西菌秀⑪

朝菌不如椿，此语未足信。
茁地如仙芝，香洁味弥胜。
雨余早市喧，几与玉笋竞。

盐城鹦语⑫

破晓千百声，春风散香城。
言语岂偷巧，文章复天成。
翩翩择高树，不系稻粱情。⑬

【注释】
①这一组诗选自清代陈震宇本《盐源县志》。
②咏柏林山。
③曈（tóng）昽（lóng）：太阳初升的样子。
④咏干海白洁河及月亮坝。
⑤潋（liàn）滟（yàn）：形容水波荡漾的样子。
⑥咏柏林山北之龙潭。原注："县属龙潭数处，惟柏林山之北，

陈震宇

地名择木龙，有潭正圆约二里许，涌泉石罅（xià，缝隙），水色暗绿，其深莫测，龙潜其中。人近之，辄（zhé，就）感雨雹。"

⑦尺泽：形容潭小，仅数尺。

⑧风洞：在柏林山上。原注："柏林山极峻峭处，两石穴，一大一小。值秋冬多风时，其穴飒飒有声，大风立至。定例，每年三月三日，以生醪（láo，酒）祀山神，则风力渐缓，甘雨将至矣。"

⑨此首咏木里的喇嘛佛徒。飞锡：僧人游方，锡指僧人手持之锡杖。

⑩此诗咏盐井各灶户熬卤水煎盐，烟气蒸腾的独特景象。原注："盐井汲水煎盐，丙夜（三更）燃薪，清晓烟气蓬勃，或矗若蜃楼，或横亘山带，变态不常。"

⑪此诗原注："大冲河（即打冲河，今雅砻江）之南，旧多深林。夏秋雨后，杂树生菌，其色种种不一，遥望如杂花生树。听其自萎，多变深紫、鹅黄色，重叠如镂金错，采可为屏玩。"

⑫此诗咏卫城环山之鹦鹉。原注："县属多山，林麓茂密处，产绿鹦鹉。每百为群，晨曦初出，鸣声嘹呖。自然圆转之音，不必以能言为巧。"

⑬香城：指卫城，盐源在唐时曾属南诏，置香城郡；不系稻粱情：指不是为了寻觅食物。

【简析】

八景之诗各具特色，描写生动逼真，想象奇妙，有些景点不具有代表性，今已难寻踪迹矣。

公母山得句①

一

山置偏隅迹久沦，奇观终许壮乾坤。

西南爽气迎眉色，南望清流绕足根。

骨岂孤寒空倚傍，峰无向背尽儿孙。
莫疑此处窥天小，磊落昂藏品亦尊②。

二

一重一掩极幽遐，入胜应教放眼赊③。
路狭直疑通竹栝④，山深惜未种桃花。
生成秋骨无妨傲，阅尽浮云总不遮。
远赏倘知真面目，那从丹粉觅烟霞。

三

灵区晦迹几何年，谁向遐陬揽胜遍⑤？
千仞丹梯神劈削，一时兰舍佛因缘。
有情聚气奇多孕，无据呼名俗久沿。
争得搜求逢谢客⑥，大观终辟筏西天。

【注释】

①据清代陈震宇本《盐源县志》。得句：谓诗人觅得佳句。

②昂藏（cáng）：形容仪表雄伟、气宇不凡的样子，"绣衣柱史何昂藏"（李白《赠潘侍御论钱少阳》）。

③赊（shē）：遥远。

④栝（guā）：古书上指桧树。

⑤遐陬（zōu）：边远一隅。

⑥争：怎么。

【简析】

此三首诗是作者游览公母山的即兴之作，颇得奇山胜概。第一首主要写公母山及周边景色；第二首写清幽之趣并寄托作者孤高之情；第三首主要写作者寻幽探胜，与佛结缘。

陈震宇

咏柏林山七言古^①

平生眼界原须大，揽胜直穷边徼外^②。
若水之东白水西^③，柏林形胜独称最。
梵天一面重屏藩^④，邛都四塞同衿带。
·扶舆清气结何年，参井钟灵壮极边。^⑤
撑霄回映岷峨雪，削玉纷披华岳莲。
道通曾烦持节来，奥区呈异瘴烟开。^⑥
半壁划墙分南诏，百蛮仰镇拓埏垓。^⑦
拔地千寻青未了，繁林荟萃重重绕。
翠柏都含万古春，浓阴竟接浮云表。
柏兴设郡溯元时^⑧，傍郭葱茏景可思。
绝顶晶莹排玉柱，深潭夭娇隐新螭^⑨。
虬枝缬叶绚金碧^⑩，挹此清辉历朝夕。
肤寸云蒸雨倏来^⑪，万壑鸣秋涛已逼。
老树槎材山骨清，时时风洞吼风声。^⑫
此境自然消暑渧，得名在昔纪香城^⑬
吁嗟呼！宇宙之大无不有，遐荒胜概终须剖。
吾闻雪山天下高，此山顶上纵横览，西域南甸如秋毫。
吾闻峨眉天下奇，此山峰峦险削亦复纷堆螺髻亘黛眉^⑭。
吾闻巫山天下秀，此山烟光明媚俨列窗中岫^⑮。
倘教蜡屐寄置搜，讵藉仙灵迹始留。^⑯
粉本未经荆浩写，豪吟谁作永嘉游？^⑰
显晦有时山亦尔，或者如彼西山作记待柳州^⑱。

【注释】
①据清代陈震宇本《盐源县志》。
②徼：边界，边境。
③若水：雅砻江。

④梵天：印度教的创造之神，俗称四面佛。

⑤扶舆：犹扶摇、盘旋升腾貌；参井：参星和井星，位在西南方。

⑥持节：古代使臣奉命出行，必须持符节以为凭证，此指司马相如出使西南夷；奥区：腹地。

⑦南诏：见前《和陈应兰竹枝词原韵》注；埏（shān）垓（gāi）：广阔的大地。

⑧柏兴设郡：盐源在元代曾设柏兴府。

⑨螭（chī）：古代传说中一种无角之龙。

⑩虬（qiú）：古代传说中一种有角之龙，指盘曲的样子；缬（xié）：有花纹的纺织品。

⑪肤寸：古长度单位，一指宽为寸，四指宽为肤，借指下雨前逐渐聚合的云气。唐王昌龄《悲哉行》："长云数千里，倏忽还肤寸。"

⑫槎：树木的枝丫；风洞：柏林山上有风洞，见前注。

⑬溽（rù）：湿热、闷热。

⑭亘（gèn）：延续不断。

⑮俨（yǎn）：仿佛；岫（xiù）：山穴，峰峦。

⑯蜡屐（jī）：涂蜡的木屐，古人登山用的木底鞋；讵（jù）：岂，怎；藉（jiè）：借。

⑰粉本：画稿，古人作画，先施粉上样，然后依样落笔，故称粉本；荆浩：五代后梁画家，字浩然，善画山水，著有《笔法记》，有《匡庐图》存世；永嘉游：南朝宋诗人谢灵运曾为永嘉（今浙江省永嘉县）太守，其间尽情遨游，陶醉其中。

⑱柳州：此指唐代文学家柳宗元，因官终柳州刺史，故称为"柳柳州"，尝作《始得西山宴游记》。

【简析】

这首歌行体古诗描写了柏林山清幽如画的美景、险峻奇特的山峰和挺拔不凡的气势，并将盐源的历史沿革贯穿其中，体现出一种奇绝超迈的壮美。

盐井即事①

天常爱物及边陲，地无弃利盐泉兹。
万山蟺蟺气所聚，一井泓泓人共资。
通邛定笮闻汉代，刊山疏源盖明时。②
经今阅历千百载，鳞比廛市咸攘熙③。
椎发魋肩革心人④，蚕丝鸟道成坦夷。
什一恒来楚吴客，三倍竞雄白圭赀⑤。
逐逐蝇头无足怪，营营兔窟亦何为？
利若放行怨所府，惠勿分取咎亦随。⑥
在昔忧贫情岂异？古人能聚偏能施。
不惜余波分微润，肯教孤苦泣断炊。
已非加损彼多益，众民解望相与嬉。
日久弊生固常事，大庾何妨有漏卮⑦。
推衣解食那复有，自然余泽亦锢之。⑧
绝流真与遏粜似，专欲宁有满壑思。⑨
君不见昨夜嗷嗷闻鸿雁，今日菜色如鹄悲⑩。
称贷无门诉无所，束手待为沟中萎。
平日善窃仍饱暖，艰难终属愚者罹⑪。
亡猿祸及何至此，涸鲋更苏那能期。⑫
朱门怙势犹偃蹇⑬，呼卢演剧唯恐迟。
千金未堪一席费，岂犹赖此涓埃贻⑭。
胡亦扼喉夺民食，我欢一任向隅咨⑮。
诚欲留以予子孙，他人妻子徒流离。
义田义粟不可见，乃至与天争羡遗。⑯
愿将泪雨告真宰，别沛恩膏活黔黎。⑰

【注释】

①盐井即事：盐井，这里专指盐井镇盐厂的制盐卤水井；即事，以当前事物为题材的诗。

②蟺（shàn）蟺：盘旋屈曲的样子；定笮：盐源于西汉武帝时置定笮县；刊山：摩崖刻石，见前"朱篦"有关内容；疏源：指疏通盐泉使流量增大。

③廛（chán）市：商肆集中之处。

④椎（zhuī）发：即椎髻，一撮之髻，形似椎；魋（tuí）：一种兽，似小熊。

⑤白圭（guī）：战国时洛阳人，有"商祖"之誉，《汉书》中说他是经营贸易发展生产的理论鼻祖。

⑥府：这里指府藏；咎（jiù）：罪责、过失。

⑦庾（yǔ）：古代容量单位，一庾等于十六斗。

⑧推衣解食：应为"推食解衣"，把穿着的衣服脱给别人穿，把正在吃的食物让给别人吃，形容对人热情关怀，语出《史记·淮阴侯列传》，推，即让；那：即哪；锢（gù）：禁止。

⑨遏（è）粜（tiào）：即关仓遏粜，关闭仓库，不再卖粮食，指囤积居奇，哄抬物价；宁有满壑思：意思是欲壑难填。

⑩菜色如鹄（hú）悲：即鹄形菜色，形容面黄肌瘦的样子，语出明卢象升《经理崇祯十一年屯政疏》。

⑪罹（lí）：遭受、遭遇。

⑫亡猿：指"亡猿祸木"的典故，比喻欲损人反而害己的行为，见于《渊鉴类函》；涸（hé）鲋（fù）：干水沟中的鲫鱼；苏：死而复生。

⑬怙（hù）势：倚仗权势；偃（yǎn）蹇（jiǎn）：骄横、傲慢。

⑭涓埃：细小的流水和尘埃，比喻微乎其微。

⑮向隅（yú）：面对着房子的一个角落，形容孤立、孤独或得不到机会而失望、悲戚；咨：叹息，见汉刘向《说苑·贵德》。

⑯义田：旧时为赡养族人或贫困者而置的田产；义粟（sù）：指富裕之家施舍给灾民或穷人的粮食；美遗：足够而多余的。

⑰真宰：宇宙的主宰，亦指君主，见《庄子·齐物论》《魏书·段承根传》；黔（qián）黎：指百姓。

【简析】

　　盐泉之利是大自然的恩赐，富裕了一方百姓，繁荣了地方经济。最初，分配盐水时要专留一小部分给孤苦贫困者维持生计，后来豪绅灶户利欲熏心，中断了这一善举，忍使穷人挨饿。作者对此极为不满，故发出悲歌与感叹。

打冲河

　　千山关锁岩，一水中间走。
　　当从天上来，如此势雄陡。
　　星宿汇源深①，风雷夹浪吼。
　　直驱铁甲奔，曲作蛟螭蟉②。
　　岩夹转弥遒，岭横波乍剖。③
　　终古邛笮区④，此河为枢纽。
　　长堑两界分，险隘一夫守。
　　狂澜安可狎，巨楫所宜有⑤。
　　刳木择浑坚，高似艨艟首⑥。
　　差比苇可杭⑦，当胜索易朽。
　　莫唱谣桐歌⑧，蛮烟消久久。
　　朝朝唤渡人，喧阗聚河口⑨。
　　舟子索钱足，人马束若帚⑩。
　　才听伊轧声，岸上随风溜。
　　中流值洄涡，低昂杵舂臼。
　　倏向滩头驰，劲弩脱于手。⑪
　　劣驷好跌蹄，戢耳何敢蹂。⑫
　　及至抵岸时，奋跃惟恐后。
　　物亦知险夷，弗向波涛狃。⑬
　　嗟哉此危途，频涉为谁诱？
　　岸高登降难，舱窄立碍肘。

水急石牙森，惊虞亦其偶⑭。
倘念水渊戒，临深颜亦忸⑮。
所恃忠信躬，或异冯河陡⑯。
登陆已夕阳，蘸波峰色黝⑰。
水鸟立沙汀，烟岚波面纠。
于此思混茫，云梦吞八九。
还念融结中，钟毓乃独厚⑱。
帝子若水边，颛顼生遐薮⑲。
证诸《西荒经》，厥维河左右⑳。
灵迹忆万年，谁复知里某㉑。
莫作眉睫言，松柏稀培塿㉒。
何当借仙槎㉓，由此问牛斗。
庶测此滥觞，果出昆仑否？㉔

【注释】

①星宿 (xiù)：中国古时指星座，共二十八宿。

②蛟螭：犹蛟龙，亦指水族；蟉 (liú)：蜷曲、盘曲。

③弥：更加；遒 (qiú)：强劲；乍 (zhà)：忽然。

④邛笮 (zuó)：指现在西昌、盐源一带。

⑤楫 (jí)：船桨。

⑥艨 (méng) 艟 (chōng)：古代战船，船体用牛皮保护。

⑦杭：渡，《诗经·卫风·河广》："谁谓河广？一苇杭之。"

⑧桐：指琴类管弦乐器。

⑨喧阗 (tián)：喧哗、热闹。

⑩束：捆绑、限制。

⑪倏 (shū)：忽然；弩：古代一种用机械力量发射的弓。

⑫驷 (sì)：同驾一辆车的四匹马；戢 (jí) 耳：俯首戢耳，形容卑躬驯服的样子；蹂 (róu)：践踏。

⑬夷：平坦；弗：不；狃 (niǔ)：此处似应为"扭"，指不顺畅、别扭。

⑭虞：忧虑、忧患。

⑮颜：脸色；忸 (niǔ)：羞惭。

⑯冯 (píng) 河：徒步涉水过河。

⑰蘸（zhàn）：用物沾染液体。

⑱融结：融合凝聚；毓（yù）：钟灵毓秀，指美好的风土养育优秀人物。

⑲颛（zhuān）顼（xū）：中国上古部落联盟首领，"五帝"之一，据传颛顼生于若水之野；薮（sǒu）：远方的湖泊、沼泽。

⑳《西荒经》：古代神话志怪小说《神异经》中的一章，全书共九章，相传为汉代东方朔所著；厥：其；维：乃，是。

㉑里：故里、家乡。

㉒培塿（lǒu）：小山丘。

㉓仙槎：神话中能往来于海上和天河之间的竹木筏，典出晋张华《博物志》。

㉔庶：也许、或许；滥觞（shāng）：指江河的发源地；昆仑：指昆仑山脉，中国西部山系的主干，称为中国第一神山、万山之祖。雅砻江（若水）发源巴颜喀拉山，属于昆仑山的东延部分。

【简析】

这首诗描写了打冲河的险要地势、河水的汹涌澎湃及渡河时的惊心动魄，最后抒发了对中华始祖"三皇五帝"的思古之幽情，诗意升华。

柏林山赋①

探奇远徼，揽异屏颜，有嵚崎之在望，溯丰蔚之殊观②。竖亥未经，已入舆轮之纪；五丁宁凿，应余梯索之攀③。枕若水而巉岏，巍然作镇；划滇赕而突兀，卓尔雄关④。

盖自长卿开定笮之初，因以有城⑤。若斗而拟姚合，为武功之咏⑥。此真绕郭如山峰，形斯岌岭脉纵横⑦。旄牛北峙，铁石东萦⑧。近则箐林云黑，远则雪碛朝晴⑨。虽纠纷于是境，匪依藉以为城⑩。孰若山之高者，独为群支所祖；抑其山之古者，原以多柏而名。且城何以号香，郡何以称柏⑪？稽蓝玉开疆之日，蚕丛辟而地效灵奇；追唐蒙持节之年，輙道通而壤留辙迹⑫。出云降雨，知分造化之功；孕秀钟英，莫殚扶舆之积⑬。即曰随刊未到，名偶遗于三千；要自磅礴无穷，材每挺乎百尺⑭。倘令招隐，何殊丛桂之留人；如欲探幽，几讶桃源之谜客⑮。比以黄山之上，疑海生云；漫云岭桥而南，少人多石。

柏以山而礌砢，山以柏而郁森⑯。葱茏于石梯之左，荟萃于白水之浔⑰。高接岚光，欲连天而一色；密涵雾气，尝不雨以多阴。排障于山头，岂臃肿而不中度；盘根于石上，固培植而成林。有时天矫拏云，峭壁睹虬龙之象；倘或玎琮振籁，高冈闻鸾凤之音⑱。于是翠幄联云，恍到万松之岭；霜皮溜雨，思赓古柏之吟⑲。惟秀色其可餐，胜披图画；愿生香而不断，无纵斧寻⑳。畴挈彩囊，快挹琼膏于邃壑；孰怀香叶，乐披嘉荫于遥岑㉑。望而知其有用之材，为桢为干；静以全其后凋之节，何古何今㉒。

然而见闻互异，今昔多殊；虽前兹之所有，或今日之所无。落实取材，既广林衡之利；得薪保耀，还资府海之需㉓。感濯濯于目前，不复交柯而狝猎；怀森森于往事，顿虚匝岭之扶疏㉔。故老树婆娑，欲动心于赋客；而牛山尝美，将兴叹于吾儒㉕。慎封植以不忘，宜山灵所深望矣；廑萌蘖之共养，庶旧观其可复乎㉖！

尔乃去翁翳之树影，显峭拔之山容；极嵁峻而亘地，羌巉巉以当塘㉗。矗矗撑空之玉柱，纷纷坼瓣之芙蓉㉘。朝暮改观，秀争螺髻；阴晴变态，景埒巫峰㉙。势腾踔而注卤泉，岭皆奔马；气晻暧而横烟霭，潭起潜龙㉚。暑避凉深，当筑王维之墅；水穷云起，宜支谢客之筇㉛。剧怜帘外看来，晴烟抹黛；最爱窗中列处，积雪明松。

时则敛风埃、淡云迹，秋气澄、远山碧，接叠嶂于起居，娱清辉于昕夕㉜。企作宫之霍，遥知罗列无垠；俯锐出之岑，亦觉幽扃日避㉝。较桐庐而岞崿，玉笏当门；拟兰谷以嶙峋，神斤削壁㉞。取携不尽，用分风月之藏；瘴雾俱消，何虑龙蛇之宅。向峰头歌惊人之句，兴迈摩岩；从物外寄拔俗之心，情超蜡屐。翠微共上，丹梯之级可循；仙乐如闻，洪崖之肩许拍㉟。于以畅登跻之志，从知步履已近云霄；因而破咫尺之观，勿云培塿独无松柏也。

【注释】

①柏林山：在盐源县卫城南五公里，海拔四千余米。明曹学佺《蜀中广记·边防记》："《盐井卫志》云：卫南十里柏林山，山多松

柏，其绿参天，柏兴府之名取此。"盐源在元朝时为柏兴府。

②屏（chán）颜：险峻高耸貌；嵚（qīn）崎（qí）：险峻；溯：探求；丰蔚：繁茂。

③竖亥：神话传说中的人物，善行走，见《淮南子》；舆轮：即车轮；五丁：神话传说中的五个力士，见扬雄《蜀王本纪》。

④巑（cuán）岏（wán）：峻峭的山峰；賧（dǎn）：古代少数民族以财物赎罪，一说所输货物称賧，南诏割据时曾在今米易县一带设置"诺賧"；兀（wù）：高耸的样子。

⑤长卿：司马相如（约前179—前118年），字长卿，西汉辞赋家。受汉武帝刘彻赏识，封为郎官。后任命相如为中郎将，令持节出使西南夷，开通灵关道，在孙水（即今安宁河）建桥，直通邛、筰等地。汉元鼎六年置越嶲郡，定筰县（即盐源）属越嶲郡。

⑥姚合：唐元和十四年进士，初授武功主簿，人因称为"姚武功"，诗与贾岛齐名，号称"姚贾"。

⑦郭：外城；崱（zè）屴（lì）：高峻曲折貌。

⑧旄（máo）牛：指牦牛山。

⑨碛（qì）：沙漠。

⑩纠纷：（山峰）交错杂乱貌，汉司马相如《子虚赋》："岑崟（yín）参差，日月蔽亏；交错纠纷，上干青云。"匪：通"非"；藉：借。

⑪城何以号香：盐源在唐五代时设香城郡，属南诏国，元代设柏兴府。

⑫稽：考核、调查；蓝玉："定远人，屡官至大都督府佥事。明洪武二十年任建昌指挥使。月鲁帖木儿叛，诏讨之。至则瞿能等已大破其众，月鲁走柏兴州。玉遣百户毛海诱缚其父子送京师诛之，尽降其众。因请增置屯卫，报可。"（清光绪《盐源县志》）蚕丛：相传为蜀王的先祖，教人蚕桑，此借指蜀地；唐蒙：西汉人，任鄱阳（今江西鄱阳东北）令，上书建议开通夜郎道，被任为中郎将，奉命前往夜郎，以厚礼招致夜郎侯归于汉，汉于其地设犍为郡，并辟道路二千余里。

⑬殚（dān）：用尽、竭尽。

⑭随刊：《尚书·益稷》"随山刊木"。刊即砍、削。

⑮讶（yà）：惊奇、诧异。

⑯礧（lěi）砢（luǒ）：石头众多貌，"礧"同"磊"。

⑰浔（xún）：水边陆地。

⑱矫（jiǎo）：举起、抬高；挐（ná）云：凌云，唐李贺诗《致酒行》："少年心事当挐云，谁念幽寒坐呜呃。"琤（chēng）琮（cóng）：象声词。

⑲赓（gēng）：继续。

⑳披：打开、批阅；无纵斧寻：意为不要纵斧砍伐寻，用也（《小尔雅》），"将寻斧柯"（《孔子家语》）。

㉑畴、孰：谁，《列子·天瑞》："运转亡已，天地密移，畴觉之哉。"挈：提起；挹（yì）：舀、酌；岑（cén）：小而高的山。

㉒桢（zhēn）：支柱。

㉓林衡：古官名，《周礼·地官·林衡》："掌巡林麓之禁令，而平其守，以时计林麓而赏罚之。"

㉔濯（zhuó）濯：光秃貌，见《孟子·告子上》；狎猎：花叶参差貌，见《文选·张衡〈西京赋〉》张铣（xǐ）注。

㉕牛山：山名，在今山东省淄博市，春秋时齐景公泣牛山，即其地，《晏子春秋·谏上十七》："景公游于牛山，北临其国城而流涕，曰：'若何滂滂去此而死乎？'"后以"牛山叹"喻人生短暂而悲叹。

㉖封植：亦作"封殖"，壅土培育；廑：同"勤"；萌蘖（niè）：植物的萌芽，见《孟子·告子上》；庶：但愿、希冀。

㉗蓊（wěng）翳（yì）：指茂密的林木；崆（kōng）峒（yáng）：山势高峻貌；羌：句首语助词；巀（jié）嶪（yè）：山势高大貌。

㉘坼（chè）：裂开。

㉙埒（liè）：等同。

㉚腾踔（chuō）：跳起、凌空；卤泉：用来熬盐的咸水；晻（ǎn）曃（pèi）：昏暗貌。

㉛王维：唐代诗人、画家；谢客：指谢灵运；筇（qióng）：手杖。

㉜昕（xīn）：太阳将要出来的时候。

㉝企：抬脚而望；霍：大山围绕小山之称，《尔雅》："大山宫小山，霍。"郭璞注："宫，谓围绕之。"幽扃（jiōng）：深锁的门户。

㉞桐庐：在浙江省杭州市；岞（zuò）崿（è）：山高貌。

㉟翠微：泛指青山。

【简析】

【简析】

作者运用描写、叙述、议论、抒情等多种写作手法，把柏林山雄奇峻秀、变化无穷的景色表现得淋漓尽致。还写了今昔的变化，提出了封山育林、保护大自然的先进理念，这些都是非常可贵的。

柏香书院匾跋

边隅钟英不易，成美犹难；非笃于栽培，暗昧奚由卒开①？定笮自司马通道而后，二千余载，濡沐皇仁得文明渐启，于道光十三年甫创柏香书院，虑始图终，其难倍于他邑②。

幸山右鹤轩明府权县事，捐廉筹费，遴邑绅谢凤岐等审度经营书室考棚，规模略就，而工中辍③。越岁，奉檄再临，力终盛举，计周久远；爰妥筹书院一切经营，确定章程，详情定案；延师授课，骎骎可破荒僻④。谢事后草鞠尘封，岌乎废坠⑤。

斯土有幸，使君复还，息崔苻，温黍谷，弦歌歇而复振⑥。政通人和，于书院诲迪、周恤诸务尤殷殷焉⑦。癸卯冬，手书"培英"以名讲舍，可见不薄边隅，而以举教劝民，展望绵延之至意矣⑧。文翁倡儒，经筵兴学，孰谓古今人不相及耶⑨！

夫继加于开之盛，居无忘作之劳，是在贤父母，将来愈厚培植，俾英俊蔚兴，科名丕显，士登斯堂也⑩。顾名思义，卓然树立为卓人、为伟器，辉映南陬，斯无负生成之德，不致叹才为地囿也⑪。眷怀棠荫，如戴槐荫，封植勿忘，期与雪山并高、若水俱长焉尔⑫！

【注释】

①钟英：极其优异；成美：成就美善之事，这里指培养优秀人才；笃（dǔ）：忠实，专一；暗（àn）昧：昏暗愚昧；奚：哪里；卒：终于、终究。

②司马：指西汉司马相如，他在汉武帝时任中郎将，平定了西南

夷；道光十三年：1833 年；甫：方才。

③山右：指山西省，因处太行山之右；鹤轩：王寿天字鹤轩，时代理盐源县令；明府：对县令的尊称；权：试官或暂时代理官职；捐廉：指官吏捐献自己的养廉银；遴：谨慎选择；辍：中途停止。

④越岁：第二年；檄（xí）：官府的文件，这里指王寿天接到文件再到盐源任职；周：完备、完善；爰：于是；骎骎（qīn）：马跑得很快，比喻事业进展很快。

⑤谢事：指辞职、离职；鞠（jū）：弯曲；岌（jí）乎：危险的样子。

⑥使君：尊称地方长官，这里指王寿天复任；萑（huán）符：指盗贼、草寇；黍谷：山谷名，在北京市密云县西南，又称寒谷、燕谷山，《太平御览》引汉刘向《别录》："传言邹衍在燕，有谷地美而寒，不生五谷。邹衍居之，吹律而温至生黍，到今名黍谷焉。"弦歌：依琴瑟而咏歌，指礼乐教化。

⑦诲迪：教诲开导；周恤：周济、接济；殷殷：情意深厚貌。

⑧癸卯：指清道光二十三年，即 1843 年；讲舍：讲学、传经的堂舍。

⑨文翁：见前《柏香书院碑序》注释。

⑩父母：指县令，父母官。

⑪伟器：指堪任大事的人才；陬（zōu）：边远偏僻之地；生成：养育。

⑫眷怀：思念；棠荫、槐荫：比喻惠政或良吏的惠行。

【简析】

这篇跋文叙述了盐源县令王寿天为柏香书院书写"培英"匾额的前因后果，以及创建书院的曲折经历，反映了边远山区兴办教育的艰辛。

陈震宇

王继曾

王继曾，清代嘉庆、道光年间人，会理县贡生。

陈震宇先生墓志铭

先生讳震宇，字一岩，县西白洁河人，国朝嘉庆丁卯科举人①。其先世居岭南，至栖凤公牵车游香城，悦其风之浑噩也，因家焉；以乾隆癸卯六月十一日生先生②。

年十四，见知竹崖徐明府，授选学，了若宿肄，岁杪卒业，即以诗古名家③。英思泉涌，艳藻雪飞，远近慕其名，争以文词就正。丁卯登贤良，书意气弥厉；方期振羽毛、绝云汉，补熙朝之衮职，树一代之宗风；经纶在手，指顾间事耳④。纵不可得，亦将簪笔木天，扬镳艺苑，以与李雨村、张船山辈先后齐名⑤。

虽亦丈夫，不得意之遭庶几哉⑥！敲金吐玉，价重鸡林者矣；奈何蕊榜无缘，公车屡困，卒穷厄以致于死，岂不悲哉⑦！

先生黝而顽，目炯如电，性情介雅，不善交权要，偶与酬酢，未尝假以辞色⑧。每风雨避门，孤灯兀坐，对之若寒岩松柏；虽素服，不敢以私意相干⑨。交游多寒畯，推门解食无吝容，无德色⑩。晚年家益落，敝衣羸马，扶病授徒；然遇朋友之急，倾囊以赠，晏如也⑪。

生平嗜书，于学无所不窥，而诗尤邃；少学杜陵，其精者已轩义山，下亦不傍宋人门户⑫。晚喜冲淡，颇得韦、孟之腴，酒酣兴发，下笔立就，感时愤事，摹景述情，靡不尽态极妍⑬。岁卒得诗数千篇，然皆散佚。今所存者，惟旅游草而已。吉光片羽，当有鬼神护之，岂尘土窀所能埋没耶⑭！

虽然世无欧阳、韩子文不彰，茫茫六合，吾不知传先生者，竟何人也⑮！甲申夏，晤先生于建坻，欢若平生，厥后契阔者十余年⑯。戊戌主讲金江，往还殆无虚日；酒阑烛灺，相对欷歔，隐恨深忧，莫能言喻⑰。

以道光乙巳春正月二十九日卒于里，遗命嘱曾为铭，义不敢辞，谨拜手铭曰⑱：

造物生才，固将用之，如曰遐弃，笃生何为⑲？哀今之世，阳消阴长，乘时则荣，道不可枉。鹜逐秽而常饱，鹤怀清而苦饥，岂天命之适然，亦性定而情移⑳。不贪胡富，不谀胡贵，握瑾佩兰，群犬嘶吠；林间花发，松下月明；陶情诗酒，味有余清；生无所惭，死无所苦；灏气英光，常留千古㉑！

【注释】

①丁卯：指嘉庆十二年，1807年。

②岭南：指广东、广西一带；栖凤：指陈震宇父亲的名字；牵车：即羊车，古代一种以羊驾驭的车；乾隆癸卯：1783年。

③见知：受到知遇；竹崖徐明府：指时任县令徐梦陈，字会远，别号竹崖；岁杪（miǎo）：岁末。

④弥：更加；厉：味道浓烈，《楚辞·招魂》："厉而不爽些。"熙朝：兴盛的朝代；袞职：古代指帝王的职事；指顾间事：用手指，回头看，比喻很快的时间。

⑤簪（zān）笔：古代帝王近臣、书吏、士大夫常插笔于冠或笏（hù），以备书写，指仕宦；木天：古代称朝廷中秘书阁或翰林院；扬镳（biāo）：提起马嚼子，指驱马；李雨村：不详；张船山：张问陶（1764—1814），字仲冶，号船山，四川遂宁人，清代杰出诗人，著名书画家，乾隆五十五年（1790）进士，曾任翰林院检讨、江南道监察御史、山东莱州知府等职。

⑥庶几：表示推测、多少。

⑦价重鸡林：指诗名倍增，典出唐代元稹《白氏长庆集·序》；蕊榜：指科举时代的进士榜；公车：汉代以公家车马递送应征的人，后因以"公车"为举人应试的代称，也指应试的举子；卒：终了。

⑧黝而颀（qí）：脸色较黑，身材修长；介：耿直特异；酬酢（zuò）：宾主互相敬酒；假以辞色：指好言好语、和颜悦色地对待。

⑨兀坐：独自端坐。

⑩寒畯 (jùn)：出身寒微而才能杰出的人；德色：自以为对别人有恩德而流露出的神色。

⑪敝衣羸 (léi) 马：衣服破旧，马儿瘦弱；晏如：安宁、恬适的样子。

⑫嗜 (shì)：极端爱好；邃 (suì)：精深；杜陵：指唐代伟大诗人杜甫；轩：高；义山：指唐代著名诗人李商隐。

⑬韦、孟：指唐代著名诗人韦应物、孟郊；靡 (mǐ)：无；熊：气势壮盛。

⑭岁卒：指度过一年；佚 (yì)：散失、失传；吉光片羽：比喻残存的珍贵文物。

⑮欧阳、韩子：分别指北宋政治家、文学家欧阳修和唐代杰出的文学家、思想家、哲学家、政治家韩愈，二人均属"唐宋八大家"；六合：指上下和四方，泛指天地或宇宙。

⑯甲申：指清道光四年，1824 年；晤 (wù)：相会，见面；建坻 (dǐ)：不详，或指建昌（今西昌）的某处；欢若平生：像平素久已相交一样地欢乐；契阔：久别。

⑰戊戌：指清道光十八年，1838 年；金江：指当时会理县的金江书院；殆 (dài)：几乎、差不多；酒阑：酒筵将尽；灺 (xiè)：蜡烛的余烬；欷 (xī) 歔 (xū)：叹息。

⑱乙巳：指清道光二十五年，1845 年；里：家乡；曾：作者自称；遗命：遗嘱。

⑲遐弃：远相离弃；笃生：生而得天独厚。

⑳鹙 (qiū)：一种水鸟。

㉑瑾 (jǐn)：美玉；灏 (hào) 气：正大刚直之气。

【简析】

这篇墓志铭描述了举人陈震宇的生平事迹，高度赞扬了他的文学才华和刚直不阿的性格，并对他凄凉的晚景深为叹息。叙事抒怀，哀婉激越。

张以存

张以存（？—1855），字义门，西昌人，入盐源学，清嘉庆六年（1801）辛酉科拔贡。家居授徒五十余年，曾主讲西昌泸峰书院。咸丰五年（1855）任射洪县教谕，赴任时其门人张锡锻送以诗云："先生淡泊守穷坚，杖履悠游九十年。屈指皋比成白璧，殷心鹭序脱青毡。文章老似东坡健，翰墨工如旭圣传。都羡是翁真夔铄，春风化雨遍南川。"

沈家祠记①

夫山水之乐，惟超乎俗尘者，乃能得此中之趣。古人或解组归来，阅历殆尽，故舍动求静有之；或遭时不偶，高尚其志，当途利达，毫不关心者有之②。否则好置田宅，为子孙计，终日奔忙，不复知有此乐者，多矣。从来未有以仁孝之心，思先人之所乐以自得其乐也。

吾于鹤亭沈君，见之髫龄读书，已成大器，长司铜政，卓然自立③。凡郡侯莅任，莫不嘉其品行，许以意气。每年齿积，切切于承先裕后数大事，而他乐无与焉④。泸山之坳青云山，旧有祖茔，山如屏，海如镜，登者称胜观焉⑤。

壬午春，予随诸友历游其地，见其经营意匠，颇费精心⑥。山之麓有路坊，宛转寻径而上，山之腹乔松万蘽，翠盖齐天；山之湾有碑亭，古帖可临⑦。其西大石下清泉潺潺，四时不涸，因结小桥，曲径通幽。中则茅亭一座，夏凉冬暖，仅容三五人。亭之外，石壁千尺，垒垒如天造地设。亭之旁，栏杆迤逦，奇花翠竹，落英缤纷⑧。升石级得门而入，则奉先堂焉。堂之侧则思孝亭，凛然见双亲遗像。其左读书室，其右望海楼。大小渔村，烟里迷离，往来钓舡，波间隐约，气象万千焉⑨。及谒茔园，见周围翠柏苍松，尤令人思培补之功，非旦夕所至。

因想鹤亭同余总角之交，悉其生平大过人者，重大义，善旧交，性嗜酒，不择佳味，即山肴野蔌，亦盘桓不厌⑩。

堂成之日，置酒邀良友数辈，欣然乐至，兴豪酒酣，胥忘形迹。或围棋，子声丁丁然；或猜拳，拳声哄哄然；或作赋，韵铿铿然；或汲水煮茶，泉香而味美，洵足乐也。已而杯盘狼藉，主客胥醉，曾不吝情去留。或按辔，或肩舆，不转瞬间而足及城矣⑪。回忆胜景，俨然在心目间，而惓恋不置。

噫，鹤亭以山水之乐，而妥祖宗之灵，其计划甚周，其光前甚远，其裕后甚长，其见解独超尘俗之外，岂区区以山林之乐为一己之乐哉⑫！爰歌以志之曰⑬：

山高高，水长长；云雾里，沈氏堂。茔之侧，石之旁；小桥水，草亭凉。可以慰孝思，可以启书香。不必谈利锁，不必惹名缰，大可娱耳目涤心肠⑭。噫嘻！何时尘埃都摆脱，同乐山水以徜徉⑮！

【注释】

①沈家祠：位于西昌泸山光福寺东南约五里的卧云山（又名青云山），泸山邛海风景区的著名景点。有"沈祠以清幽胜，孤云（今玉皇殿）以轩朗胜"之说，楼阁亭榭，花木泉池，掩映生辉，曲折多致，文人名士多留题咏墨迹。惜于清光绪十九年（1893）毁于匪乱。

②解组：指辞官，组为绶带；不偶：不合，引申为命运不好；当途利达：指掌握政权的人，"利达"即显达。

③鹤亭沈君：沈林，字鹤亭，其先本昆山（今江苏昆山市）人。明初，沈华一任指挥，迁家建昌（今西昌）。传五世至沈恩，隆庆中以云南同知归林下三十年，买此山建祠。又七世传至沈林，对此祠精心修葺扩建，遂成大观。

④齿积：指节省下的钱物。

⑤茔（yíng）：坟墓、坟地。

⑥壬午：指清道光二年（1822）。

⑦纛（dào）：古时军队或仪仗队中的大旗。

⑧迤（yǐ）逦（lǐ）：曲折连绵。

⑨舡（chuán）：同"船"。

⑩蔌（sù）：菜。

⑪曾（zēng）：竟、乃；吝情：吝惜、舍不得的表情；按辔（pèi）：拉紧马缰绳停下；肩舆：乘坐轿子。

⑫妥：安置。

⑬爰（yuán）：于是。

⑭利锁、名缰：比喻名利束缚人，就像锁链和缰绳一样。

⑮徜（cháng）徉（yáng）：徘徊闲适貌。

【简析】

文章对沈家祠及周边环境的清幽雅趣作了生动详尽的描写，更主要的是赞扬沈君以思先人之所乐而自得其乐，把山水之乐与中华民族的传统美德结合起来。

张以存

何绍基

何绍基（1799—1873），字子贞，号东洲，晚号蝯（yuán）叟，道州（今湖南省道县）人，进士，官翰林院编修。咸丰二年（1852）任四川学政。曾于咸丰四年（1854）秋按试宁远府。著有《东洲草堂诗文集》。擅书法，为清代后期大书法家，其书人称"何体"，流传至今。

按试宁远喜成一律①

去岁中秋按试酉阳，冉生崇文《以山为城赋》最奇杰。今日中秋试宁远，曹生永贤《筹边楼赋》可与相埒；又吴生钟麟、颜生启华之作亦俱不凡。夜晴见月，喜成一律②。

山城斗绝觏奇文，今日筹边语轶群。③
万里使星差不负④，一年秋色又平分。
凉风满榻收残暑，好月当空扫片云。
河北江南方奏凯，濡毫待汝勒殊勋。⑤

【注释】
①题目为编者所加，原诗以序为题。按试：巡察考试。
②酉（yǒu）阳：清代川东南酉阳州，今重庆市酉阳县；曹生永贤：即盐源县优贡生曹永贤，见后注。
③斗绝：同"陡绝"，形容山势陡峭；觏（gòu）：遇；轶（yì）：超过。
④使星：指奉命出使之臣，亦称星使。
⑤"河北"句：大意是官军在北方和南方同太平军作战，都打了胜仗。汝：指作者序中夸奖的青年士子；勒：刻而记之。

【简析】

作为学政，每年要到各州府巡察、主持考试。作者思贤若渴奖掖后进，在如此边远之地竟发现了曹永贤这样的隽秀之才，不禁喜形于色，并殷切鼓励他们发挥才能，为国效力。

何绍基

⌒ 徐福麟 ⌒

　　徐福麟，号炳阁，山西忻州举人，咸丰五年任盐源知县，清光绪《盐源县志》载有曹永贤为其撰写的《云川五十八地公寿炳阁徐明府文》。

盐源纪行[①]

三　哨

旧是惊心处，相望尽设兵。
旅人何解眉，歌颂有余声。

钻天坡[②]

曲折青云路，葱茏绿玉堆。
游山何必梦，跨马下天来。

响水河[③]

奔溪漱石吼如雷，浪沸波喧舞雪堆。
激烈只缘雄杰气，屈歌颜骂总奇才[④]。

望乡台[⑤]

云迎雨送马蹄忙，客路崎岖易断肠。
昨日离乡今日望，望乡何如不离乡。

小高山⑥

登山从此始，石路已崎岖。
绿树自疏密，白云时有无。
寒微生芋麦，遗爱戢萑苻⑦。
远向南峰揖，相思但写图。

禄马铺⑧

树色苔痕染客衣，路行无奈被蜂围。
路留古迹难迁去，坞强春庄不放归。
石激水声驱地走，云牵山势向天飞。
酒酹为酹摩崖客，说到"金生"意已非。⑨

杭　州⑩

战息元屯处，年深汉路平。
石青腾铁气，溪绿泻铜声。
雪骨松千炼，春魂草再生。
双桥吟眺处，廿载去来情。⑪

土公堡⑫

战垒荒千载，村烟聚百家。
矿春铜化水，苔古石开花。
白酒喧行旅，红妆类狭斜。
吟成谁共赏，自犒且烹茶。⑬

冷水河道中⑭
其一

壑深千万丈，高树当填平。

071

崖出虎双峙^⑮，溪回龙一鸣。
石斜微有迹，花艳不知名。
到此顿幽寂，淡然忘世情。

其二

莫谓天难上，行行又下空。
灯悬崖树里，人卧水声中。
梦醒月如雪，魂惊雷与风。
明朝弄瀑布，一洗衣尘红。

拟过打冲河

溯源黑水古金河，万里流来合派多。
左右危崖皆列戟，往来游子似奔梭。
喷云风激排山浪，溅雨林含啮石波。
日日平明闻唤渡，蚕丛不唱索橦歌。^⑯

磨房沟^⑰

芋火荞棚接，泥墙板屋丛。
霜流明月水，树吼乱山风。
浊酒三杯暖，夷巢一线通。
安危如转毂，天地磨房同。^⑱

水 车

用汝默消天下旱，为民先布雨中春。
回肠妙曳风雷匣，旋踵轻投日月轮。
玉峡倒飞猿接臂，银河高挽鹞翻身。
丰年敢怨筌蹄弃，终逊甘霖润泽匀。^⑲

水　碓①

一水奔赴如游龙，一碓自鸣如石钟。
机有相触势相激，碓尔驱雳水蛮蛮。
潴水未满积力薄，块然不动何所同。
溪水蓄势忽趁至，乍俯乍仰声咚咚。
一身动静弗自主，有如上感下则同。
我闻杵臼制自古，生民借此成餐雍。
后世恶劳思就逸，机心机事纷重重。
设巧此犹便民用，黄粱可代农人春。
白云舒卷溪流转，李白叱罢香山逢。
一笑频向伯通问，庑下可有梁鸿庸。②

【注释】

①据清同治《摘录盐源县志》。原诗共十八首，今选十四首，题目为编者所加。

②钻天坡：在柏林山。

③响水河：在卫城水关村。

④屈歌颜骂：指战国屈原作《楚辞》、唐代颜杲卿大骂叛匪安禄山。

⑤望乡台：在柏林山。

⑥小高山：位于盐源县城东约 20 公里，海拔 3395 米，以雪景、云海、日出、杜鹃花四景为胜，是盐源至西昌必经之地。

⑦戢：止，停止（战争）。

⑧禄马铺（pù）：在今盐源平川镇。

⑨古迹：指朱篑摩崖石刻"金生丽水润盐古道"；坞（wù）强（qiǎng）春庄：坞指四面高、中间低的地方，大意是此地终年温暖如春；酹（lèi）：洒酒于地表示祭奠。

⑩杭州：地名，在盐源平川镇，参见前《盐源杂咏》注。

⑪屯（tún）：军队驻扎；双桥：杭州佳景。

⑫土公堡（pù）：在今盐源平川镇。

⑬矿春铜化水：似指春季冶铜；狭斜：小街曲巷，旧指妓女所居

之处；犒（kào）：用酒食慰劳。

⑭冷水河：在今盐源平川镇。

⑮峙（zhì）：指山峰高耸直立。

⑯戟（jǐ）：古代兵器；啮（niè）：咬、啃。

⑰磨房沟：在今盐源平川镇。

⑱芋火：指彝族人家烧烤洋芋（土豆）的火；荞棚：用荞麦秆盖的房屋；毂（gǔ）：车轮中心有洞可以插轴的部分，借指车轮或车。

⑲汝：你，这里指水车；曳（yè）：拖拉、牵引；鹞（yào）：鹞子，猛禽，捕食小鸟；筌（quán）：竹制捕鱼工具，"筌蹄"比喻达到目的的手段或工具；甘霖：及时雨。

⑳水碓（duì）：即利用水能舂米的工具。碓，俗称碓窝，石制舂米的工具。

㉑潴（zhū）：蓄积；弗（fú）：不；杵（chǔ）臼（jiù）：舂捣粮食或药物的工具；雍：和谐；李白：唐朝伟大诗人；香山：指唐朝诗人白居易，号香山居士；伯通：指汉吴郡富豪皋伯通；庑（wǔ）：泛指房屋；梁鸿：东汉人，与妻孟光相敬如宾，喻指丈夫、贤夫；庸：庸仆、佣工。"一笑"以下两句典出《后汉书·逸民列传·梁鸿》。

【简析】

这组诗作于清同治元年（1862），时作者已卸任盐源知县，有闲情逸致欣赏盐源至西昌一路的风光，真实地描写了少数民族的生产生活状况，同时也流露出作者对世态炎凉的伤感情绪。

赵桂生

赵桂生，江苏省吴江县人，道光十七年（1837）署理盐源县典史（管理盐税的官吏）。

游公母山禅林①

委婉蚕丛踞，禅房自可通。
台清铺乱石，云碧锁孤峰。
鸟语嘈林响，花香扑面浓。
更逢飞锡客，谈罢一声钟。②

【注释】

①据清同治《摘录盐源县志》。

②委婉，指道路蜿蜒曲折；飞锡客：指僧人，参见前《盐源八景》注释。

【简析】

这首诗描写了公母山清幽神奇的独特景色，有"曲径通幽处，禅房花木深"的意境；语言清丽，对仗工整。

张世衍

张世衍，字鸳浦，云南大理拔贡生，清咸丰初年，避乱携家眷来盐源，主讲柏香书院，造就颇多；后回籍任富民县教谕。

游公母山偶占[①]

礴道盘纡入，方知别有天。
一峰高碍日，双壁削凌烟。
阖辟神奇见，阴晴脉络连。
伊谁跻绝顶，定得奉金仙。[②]

【注释】
①据清同治《摘录盐源县志》。占（zhàn）：口头吟作。
②纡（yū）：弯曲；阖辟：阖指关闭、闭合，辟指打开、开启，传说很久以前，公母山石缝白天开启，夜晚闭合；伊谁：何人。

【简析】
这首诗侧重描写了公母山的险要神奇，并结合民间传说，想象神奇，使这一自然景观充满了尘世情怀。

谢文英

谢文英（1819—1889），又名申锡，字泽沛，号福堂，贵州省绥阳县人，少年时随父迁入盐源县，刻苦攻读，入县学。岁贡生、候选训导（清光绪《盐源县志》，参见后《六品衔候选训导谢申锡墓志铭》）。

勤　耕①

服田力穑庆收成②，乐事看联比户氓③。
十里畦青忘忧瘁④，一梨雨绿起春晴。
披蓑鸠力催禾熟⑤，荷笠驱牛戴月明⑥。
莫学惰农希逸获⑦，杏村有吏劝敦耕⑧。

【注释】

①此诗及下一首《苦读》系作者编写家谱时为劝勉、激励子孙而作，原诗共十首，此选二首。

②服田力穑（sè）：指努力从事农业生产。服：从事；穑：收割谷物。

③氓（méng）：指普通庶民。

④畦（qí）：田园中分成的小区块；瘁（cuì）：劳苦劳累。

⑤蓑（suō）：蓑衣，用草或棕毛编织的雨衣；鸠力：招集劳力。

⑥荷笠：荷指背着，笠指斗笠，即背着斗笠（雨具）。

⑦希逸获：希望轻松地取得收成。

⑧杏：南朝徐陵《徐州刺史侯安都德政碑》："望杏敦耕，瞻蒲劝穑"，指杏花开时正是农耕好时节；敦：敦促、督促。

苦　读

识得书灯意味长，潜修慎勿负韵光。
东山林木方清秀^①，西岭幽兰正芬芳。
未辍三余探蠹简^②，辛勤五夜照萤囊^③。
不辞致意专心力，一篑为山岂可量。^④

【注释】

①东山：指谢安隐居东山。谢安（320—385），字安石，东晋名士、宰相。

②三余：冬者岁之余，夜者日之余，阴者时之余，指善于利用一切空余时间；蠹（dù）简：被虫蛀过的书，蠹即蛀虫，简即古代书写用的竹片，指书籍。

③萤囊（náng）：萤指萤火虫，囊指口袋、袋子。《晋书》："车胤（yìn）家贫，夏夜读书，以囊盛萤火照明。"

④"一篑（kuì）"句：指切勿功亏一篑。篑是盛土的竹筐。

【简析】

农耕文明、耕读传家是中国古代老百姓最为朴实的生活愿景及精神追求。两首诗生动地展现了"勤耕""苦读"的场景，寄托了对子孙的殷殷之情，感人至深。

对　联

一

柳塘水暖观鱼变^①，

笮岭春回听鹿鸣②。

二

与三庙为邻似我颇叨神眷顾③，
有一池在望此心常鉴水澄清。

三

学去一矜怀虚若谷④，
行包九德量纳如川⑤。

【注释】

①柳塘：指盐源卫城官塘子，旧时官塘子蓄满水，供居民生活所用，塘内建有亭台楼阁，四周柳树成荫，故名柳塘、柳湖，"柳湖春雨"为古时盐源八景之一。

②鹿鸣：《诗经·小雅·鹿鸣》："呦呦鹿鸣，食野之苹。我有嘉宾，鼓瑟吹笙。"

③三庙：这里指作者居住的环境，在官塘子周围，有三座庙宇，即关帝庙、龙王庙、黑神庙，今已不存。

④矜（jīn）：自夸、自负。

⑤九德：古代指贤人应具备的九种优良品德，具体有多种说法。

【简析】

三副对联选自作者曾孙谢焕昭编辑的《楹联大观》。第一联是春联，展现出的是一幅欢快、祥和、美丽的迎春图。第二、三联表现出作者的精神世界及抱负，也是对子孙的勉励，情景交融，切时、切地、切人。

～ 陈嘉谟 ～

陈嘉谟，云南石屏县贡生，道光十八年（1838）任盐源知县。

游沈家祠①

妙景由来不厌观，重临斗室共盘桓②。
横池彩凤临霄翥③，隔岸渔村带雾看。
花语无言深带润，松风绕座静生澜④。
登楼愧少惊人句，也向仙坛学凭栏。

【注释】

①参见前《沈家祠记》。该诗据作者手迹刻石（见《凉山历史碑刻注评》）。

②斗（dǒu）室：形容很小的房子；盘桓（huán）：逗留、游乐。

③翥（zhù）：鸟向上飞。

④澜：大波浪。

【简析】

这首诗描写了卧云山沈家祠清幽宜人的环境和凭栏眺望的雾中景色。

题柏香书院对联

重庠序以礼乐诗书为文章必根性道①，
兴学堂而德智体美作教育乃培英才。

【注释】
①性道：人性与天道。

【简析】
　　对联高度概括了柏香书院的办学宗旨和培养目标，强调以人为本、全面发展；教育理念前卫，颇合今义。

陈嘉谟

颜启芳

颜启芳，字桂山，西昌人。清道光二十九年（1849）乙酉科拔贡生，朝考二等，无意仕途，专心授徒，被誉为"教育家之模范"。精考据，善辞章，工小楷，诗以意趣胜。有《志所乐斋文》三卷、《寐语拾存》《金丹三百首》等。

穿盐井①

穿盐井，蜀中产盐异他省。
井中汲水鬴中煎，煎成课运凭盐引。②
当其取盐穿井时，陟冈降原物土宜③。
井口五寸深千尺，补塞淡水钩沙泥。
井成斩竹分筒绠，编以盘车系马颈。④
鼓声为节马驰骋，筒出声停马不逞。
取筒泻鬴烈火熬，鬴中喷欲翻银涛⑤。
烟痕匼匝干青云⑥，山中翔羽无霜毛。
我闻西北盐收池水冷，东南盐挹海潮猛⑦。
不如蜀中之盐味渊咏，富顺更有自流井⑧。

【注释】

①穿盐井：穿即凿、钻，指从地表凿小口径深井采盐。凿好井后，注入淡水溶解盐质，再用竹筒将盐水提吊上来倒入锅中煎制成盐，井可不断加深。这种采盐工艺主要在自贡市盐场使用，当时盐源采盐是直接在地面大井中打盐水，用木桶挑，后来采盐工艺与自贡相似。

②鬴（fǔ）：同"釜"，炊具，这里指熬盐的锅；课：赋税；盐引：古代官府在商人缴纳盐价和税款后，发给商人用以支领和运销食盐的凭证，始于宋代。

③"陟冈"句：大意是登山下坡选择适宜的地形打井，才能采到盐。

④绠：提水用的绳索；系马颈：指用马拉动绞盘车提水。

⑤欱（hē）：啜、汲、吮。

⑥匼（kē）匝（zā）：环绕。

⑦把：舀，把液体盛出来。

⑧渊咏：本指反复吟咏，唐孟郊《与王二十一员外涯游昭成寺》诗："玄讲岛岳尽，渊咏文字新。"这里指食物有滋味；富顺：自贡市富顺县；自流井：盐水自然流出的井，盐源的盐井即属此类。

【简析】

全诗形象地描绘了以"盐都"自贡为代表的川盐采制工艺流程，俨然一组生动神奇的民俗画卷，体现了劳动人民的聪明才智。最后还对各地采盐方法做了比较，盛赞川盐的品位。

颜启芳

雷尔卿

雷尔卿（？—1886），字乙垣，陕西朝邑县人，拔贡生，署理巴州知州，同治四年（1865）任南溪知县，同治十三年（1872）署盐源知县；擅长书法。

盐源县三费章程序①

语云，惠而不费，在因民之利而利之②。今三费之设，悉属病民之举，何利为③？不知民有所利，即有所害。欲兴民利，在先除民害。民害本多，而讼狱为大，讼狱已苦而命盗尤难；缘讼狱只能累及一家，而命盗即可牵连无数也④。不有所费，何以能除弊，即弊亦难尽除。三费之设，只去其太甚者耳。

盐邑地处边陲，界连滇藏，夷多汉少，重利轻生。林密山深，藏奸纳污；既抚绥之匪易，更缉捕之为难⑤。兼之山多田少，地瘠民贫，一遇命盗案件，差役下乡，动以遍地搜刮，鸡犬为之不宁。辄因盗案而逼毙人命，更因命案而酿起盗贼⑥。是三费之设，于他邑固宜，而于盐源尤善。且盐邑差风更甚于他邑，缘自回逆扰乱之后，差多带练打贼，得有军功，平日习成犷悍之性，下乡即有老爷之称⑦。一经持票唤案，多带白役前呼后拥，各持刀链耀武扬威⑧。乡民一见畏如虎狼，强梁者铤而走险，柔懦者任其鱼肉。更有四乡保正负嵎山岗，擅作威福，公堂则居然私设，团差则任其呼唤⑨。或私刑以吊拷，或沉水以戕生，明目张胆，无法无天。总由幅员辽阔，官有鞭长莫及之势，民有负屈含冤之苦。迨至赴县诉明，而已倾家破产矣。

各前任力加整顿，差风稍为敛迹，而保正之权仍未尽除。卿莅任后大为惩创，务使权归于上，不至下移⑩。兹复兴设三费局，厘定章程，刊刻成本，遍给各乡，俾山前山后、河内河外一律遵守⑪。庶差役无从扰累，而保正不敢擅权。从此政平讼理、盗息民安，与我民共享太平之福，岂不幸甚！

所有三费章程开列于后。

同治甲戌七月知盐源县事南溪县知县雷尔卿谨序。

【注释】

①三费：指清朝县衙门办案的司法费用厂费（尸体检验费）、缉捕费、押解费。盐源县由于地方财政收入少，无法保证办案经费，差人下乡常以厂费、缉捕费、押解费为由，欺压百姓、敲诈勒索、搜刮民财。于是仿照射洪、西昌等地的做法，动员绅粮户捐款集资，然后购置田地产业出租，每年的收入作为三费开支。为了管好用好三费，故设立"三费公局"。

②惠而不费：子张曰："何谓惠而不费？"子曰："因民之所利而利之，斯不亦惠而不费乎？"（《论语·尧曰》）。

③病民：损害人民。

④讼狱：诉讼；命盗：命案与盗案。

⑤抚绥：安抚、安定。

⑥辄（zhé）：就、总是。

⑦差（chāi）风：指官府中差役的恶习；回逆：古时对回族义军的蔑称；练：指团练。

⑧白役：编外差役。

⑨保正：一保之长；嵎（yú）：通"隅"，指偏僻的地方。

⑩卿：作者自称；莅（lì）任：上任、到任。

⑪厘定：整理制定；山后：指柏林山后的盐边；河内河外：指雅砻江以西、以东。

【简析】

夹叙夹议，说理透彻、叙述生动，深刻揭示了当时的社会状况和矛盾，具有一定的文学性和史料性。

武功将军雷辅天墓碑序^①

从来大英雄崛起创大业，得大名，成大家，要必矢以大气，运以大才，载以大器，非幸致哉^②！

仁山兄少先时，家不过中人产，三十余，仅博一衿，发迹其难矣^③。乃与嫂夫人杨昆勉同心，居积致富，田则东南其亩，室则西南其产^④。令嗣三人，俱亲教训，长豫动，成乙丑科进士；次豫发，中丁卯科武魁；季豫春，虽始游泮而膂力方刚，前程未可量。光绪六年，豫动任固原右营游府，即补参将^⑤。兄沐覃恩，诰授武功将军，嫂亦诰授夫人；簪缨维世，组绶充庭，非大英雄之有志竟成者欤^⑥！

年六旬，亲督工建寿藏，谋虑之远若此^⑦。嗟夫！擎天立地五百年，应名士之生；水尽山高千万载，留君子之泽。文人而此铭，亦笔墨之光矣，庶免谀墓之讥乎^⑧！

诰授奉政大夫、特授南溪县正堂前署巴州正堂，宗弟乙垣雷尔卿拜撰。

【注释】

①雷辅天（1817—1882）：字世义，号仁山，今巴中市巴州区人，一生忠勇为国，清光绪六年（1880）因西北战事功勋卓著被赐封武功将军。

②矢：通"誓"，发誓，《诗经·卫风·考槃》："永矢弗谖（xuān）。"

③衿（jīn）：这里指衣服。

④昆勉：共同勉励。

⑤固原：在陕西省。

⑥覃（tán）恩：广施恩泽；诰：古代帝王下达的文告；簪缨：古代官吏的官饰，比喻显贵；组绶：古人佩玉的丝带，借指官爵。

⑦寿藏（cáng）：在生时所建的墓圹（kuàng）。

⑧谀墓：古时指为人作墓志溢美不实。

【简析】

　　碑序概述了墓主雷辅天一生的功绩和培养后代的成就，简洁朴实。

题成都陕西会馆联①

一

　　玉宇无尘，挂出峨眉半月；
　　皇穹有象，飞来太华三峰。②

二

　　含万物而化光，上中下允符元运；③
　　建三才以立极，天地人共协休征。④

【注释】

　　①陕西会馆：在成都市陕西街蓉城饭店内，雷尔卿所题对联至今尚存。

　　②峨眉半月：李白《峨眉山月歌》："峨眉山月半轮秋，影入平羌江水流。"皇穹（qióng）：犹皇天；太华：即西岳华山。

　　③含万物而化光：《周易·坤》"坤，至柔而动也刚，至静而德方，后得主而有常，含万物而化光"，言大地的气势厚实和顺，自然的运动刚强劲健，地的变化要与天的变化相适应，涵养万物而德化光大；上中下允符元运：古人以一百八十年为一个正元，每一正元包括三个元，即上元、中元、下元，每元六十年，再分为三个运，每运二十年，即上元是一运、二运、三运，中元是四运、五运、六运，下运是七运、八运、九运，从而构成了完整的三元九运体系，并结合干支历，用于风水学。

　　④三才：古人以天、地、人为三才，《周易·系辞下》："有天道

焉，有人道焉，有地道焉……；立极：建立最高准则；休征：吉祥的征兆。

【简析】

作者为成都陕西会馆题写的这两副对联，历经一百多年风雨沧桑，至今保存完好，其书法、内容双绝。第一副通过对峨眉山、华山的描写，巧妙地将四川、陕西两地联系在一起，贴切自然，意境高远深幽；第二副更像是在阐释哲学，表达了一种顺应自然规律、创造和谐社会的美好愿望，立意高深，大气磅礴。

~曹永贤~

曹永贤(1830—1868)，号逊斋，盐源县上干海子人，原籍湖北，父曹立峋迁居于盐源。永贤自幼好学，博闻强识，聪慧过人，才思敏捷，有"文盖宁远、诗压全川、川南第一才子"之称。清咸丰五年(1855)考取优贡生，深受四川学政何绍基赏识。曾任云南省永北厅同知。咸丰四年编纂《盐源县志》，考证严谨、论述精辟，文采斐然。后以耿介遭嫉，于同治七年（1868）八月被权势暗害，年仅38岁。所撰《丽江木氏官谱后序》《寯在筰滨说》《筰征考域篇》《筰征说寯篇》等，颇具地方史料价值。诗赋犹为所长，惜毁家后多散佚。

盐源后胜景①

阳谷桃源②

不仙亦足豪，厥民武陵亚③。
阳乌晓暾暾④，锦浪红如泻。
山深桃花开，地僻桃花谢。
为问种桃人，何如事耕稼。

睛冈兰石⑤

山兰非澄兰，挺秀云根里。
光风不引人，石外谁知己。
峥嵘瘦骨仙，坚与馨香比。
同心玉可攻，怀哉友君子。

双桥按辔⑥

一

群山扶上马，松翠扑溪梁。
诶缓水边乐⑦，奔流何太忙。

二

野秀云拖地，峰高雪射天。
绳桥行不易，西去莫加鞭。

三岛停帆⑧

祖龙求神仙，三山渺何处。⑨
不知汉武皇，开凿西南路⑩。
灵鳌鼎足蹲⑪，缥缈疑飞渡。
莫载俗人居，恐为风引去。

青门锁浪⑫

仙掌劈开双壁陡，惊涛怒挟黄虬走。
苍龙对峙忽当关，浪花雪舞声雷吼。
敛狂蓄劲不可留，直趋黑惠星朝斗。
别有响泉穿山行，洞如桥架妙枢纽。
崖势方歧忽合尖，城闉定有冯夷守⑬。
坎流尤艮何灵奇，君不见江行峡束夔巫有。⑭

绿镜摇山⑮

云行山路飞，风止山还定。

山光本不摇，何况原无镜。
波摇水不知，借影为波证。
无镜亦无山，天然空缘净。

真武灵泉[16]

真武之灵德在水，座前神瀵甘如醴。
消疾除烦功莫比，新符远绍东坡子。[17]
愿为圣泉千万斤，寿我生民医我俗。
愿为廉泉洌且深，盟我使君清洁心。[18]

文昌古寨[19]

梓潼仙岩飞霞征[20]，山云如团纷上迎。
灵旗临驻崇雕甍，桂为梁栋柏桷楹。[21]
如珠佳气垂星精，阁摩奎宿高无欣[22]。
下视街衢铺棋枰，万间蜂房何纵横。

鹰朝井络[23]

灵卤感神鹰[24]，旋绕成奇趣。
夕翔飞沙来，朝起奋潮去。
踮踮尔何为，烟界飞云路。
和羹岂所能，毋忘击狐兔[25]。

雅砻飞渡[26]

不舟不梁凭一索，索上贯筒临绝壑。
性命鸿毛身似鹤，白鹭横江轻燕掠。
索恐断弦筒解箨，动观骇惶公自若。[27]
风怒澜狂忘水溺，山川中有返魂药。
乃知圣德周荒汉，绳行来归亦欢乐。

【注释】

①这一组诗选自清光绪《摘录盐源县志》，之前陈震宇曾作《盐源八景》，故此称"后胜景"。

②阳谷桃源：卫城罗家村昔日丛桃无际，蒸霞满谷，后伐树植禾，今多为苹果园。

③武陵：借指避世隐居之地，见陶渊明《桃花源记》；亚：挨着，靠近。

④阳乌：神话传说中在太阳里的三足鸟，指太阳；暾（tūn）暾：明亮。

⑤晴冈兰石：盐源多山兰，兰必生石间，春夏之交，香风四溢。

⑥双桥：第一首咏平川杭州双桥，第二首咏双河双桥。

⑦诶（ēi）：叹词，表示招呼。

⑧三岛：泸沽湖中三个小岛。

⑨祖龙：秦始皇；三山：传说中海上三神山（蓬莱、方丈、瀛洲），见《史记》。

⑩开凿西南路：汉武帝自建元六年（公元前135年）起，先后派唐蒙、司马相如、王然等历时二十余年开发西南边地，于元鼎六年建置越巂郡。

⑪灵鳌：海中的大神龟，此指泸沽湖中的三个小岛。

⑫青门锁浪：原注"一在禄马铺，一在曲山寨，一在山后稗子田；两山对峙，河流其中，双崖合一，水行其下"。

⑬闉（yīn）：翁城门；冯夷：传说中黄河之神，即河伯，泛指水神。

⑭坎：八卦之一，代表水；艮：八卦之一，代表山；夔（kuí）巫：长江三峡。

⑮绿镜摇山："柏林山下有大水塘，山如美人晓妆，一查晃漾，髻如松，眉如语，白云如不肯沾湿飞出波中，所谓绿镜摇山者。"（清光绪《盐源县志》）

⑯真武灵泉：原注"在县东郊，仙观飞来座下，有泉甘冽，自道光中官斯土者贵之，比于惠山矣"。

⑰瀵（fèn）："有水涌出，名曰神瀵"（《列子·商问》）；符：相合；绍：继承；东坡子：苏东坡。

⑱廉泉：又名廉水，源出陕西省南郑，流入汉水，比喻为官清廉；使君：尊称奉命出使的人，这里指县官。

⑲文昌古寨：盐井寨子山，有军垒遗迹，文昌宫建于此。

⑳梓潼：道教神名，相传叫张亚子，元时封为文昌帝君，掌人间功名禄位事。

㉑甍（méng）：屋脊；桷（jué）：方形椽子；楹：柱子。

㉒奎宿：二十八宿之一，古人认为其主文运、文章。

㉓鹰朝井络：井指盐水之井，井络犹言井里、街道，原注云："鹰千百朝夕于井上，回翔围绕，俗谓之鹰朝井络。"

㉔灵卤：指盐水。

㉕和羹（gēng）：羹指蒸、煮而成的糊状食品，《尚书·说命下》："若作和羹，尔惟盐梅。"孔传："盐，咸；梅，醋。羹须咸醋以和之。"后用以比喻大臣辅助君主综理国政。清钱谦益《吴门送福清公还闽》诗之二："举朝水火和羹苦，于野玄黄战血重。"此句用拟人手法，对鹰所言。

㉖雅砻飞渡：指雅砻江（俗称打冲河、金河）之溜索渡江。

㉗箨（tuò）：竹筒；骇（hài）惶：惊恐，惊惶。

【简析】

十一首诗分别吟咏不同的景点，作为对陈霆宇《盐源八景》的补充，故称"后胜景"。所咏多形象生动，点石成金。一些景点所指不详，或时过境迁，已面目全非。

公母山

曲径通幽处，双峰夹小溪。
室中泉滴滴，户外草萋萋。①
老僧常往来，归去醉如泥。
虽然方寸地，万代子孙基。

【注释】

①室中：指公母山石缝内；户外：指公母山石缝外。

【简析】

在描写公母山的很多诗中，此首是脍炙人口的作品。形象生动，比喻贴切，语兼诙谐，想象神奇。

烟 山①

烟忽满人寰，千山复万山。

凤团似黑饼，鸦片点乌蛮。

雪润天胡醉②，云肥地不闲。

粟香蒸赤脚，花吐聚红颜。

豆瓣春风陌，芙蓉夕照弯。

布钱三四月③，人鬼一重关。

火食含余毒④，金销炼火还。

蒻炉私祷祝，海内种全删⑤。

【注释】

①烟山：种满罂粟（鸦片）的山坡。

②胡：怎么，何，见《广雅·释诂三》。

③布钱：古代的货币。

④火食：煮熟的食物。

⑤蒻（ruò）炉：蒻，燃烧；炉，这里指香炉。

【简析】

鸦片之祸流入中国，盐源这样偏远之地也未能幸免，漫山遍野都是罂粟花，吸食者由人变成鬼。诗人忧心如焚而又万般无奈，只能私下祷告：愿天下的烟种全被铲除。

马 市

马有盐车泣①，伤哉更负薪。
登山怜雪没，入市比云屯②。
栈豆心千里③，疮花血一身。
笼头飘雉尾④，夹膝照鱼鳞。
铁骨轻无价，铜声瘦有神。
尘埃垂泪地，酒肉趁墟人⑤。
白璧悲名士⑥，黄金殉老臣。
几时逢伯乐，犹不愧麒麟。⑦

【注释】

①马有盐车泣：即"骥伏盐车"的典故，见《战国策·楚策四》，比喻才华遭到抑制，处境困厄。

②云屯：如云之聚集，形容盛多。

③栈豆：马房的豆料。

④雉（zhì）：野鸡。

⑤墟（xū）：集市。

⑥白璧：这里指"和氏献璧"的故事，见《韩非子·和氏》。

⑦伯乐：春秋秦穆公时人，姓孙名阳，以善相马著称，见《列子·说符》；麒麟：传说中一种象征吉祥的兽，这里比喻千里马。

【简析】

诗歌描写了马的艰难处境和悲惨遭遇，发出不平之气和期盼之情。词汇丰富，感人至深。

曹永贤

茶 倌①

虽然为倌不管民，日行千里不出门。
伸手去拿四方财，夜夜腰中无半文。

【注释】

　①据盐源县干海乡谢祥永先生提供。茶倌（guān）：旧指在茶馆中倒水收钱的服务人员。

【简评】

　传说曹永贤喜欢到茶馆喝茶，天天见到茶倌的工作很不容易，专门写了这首诗送给茶倌。语言平实，生动真切。

荷花池赋

　维武安之故驿，溯佳迹其可欣①。有池沼兮澄碧，产芰荷兮多芬。最足怡情，皱波光而千顷；尽堪消夏，盛花事以十分②。挹滋一味之芳馨，觉怀清其似我；却尽纤尘之蒙翳，怜爱洁以惟君。信比桂丛，留而共饮；何殊兰室，久若无闻③。

　尔乃壤接滇池，地滨绳水④。西岭则偃柏云横，东崖则飞瀑雷起。俱点缀以成姿，并萦回而互美。何如晨露未晞之涘，遥看碧叶际天；更爱夕阳迴照之余，瞥睹丹霞成绮⑤。地非洹水，开花不待千年；景亚鉴湖，绕郭还疑十里⑥。羡丰标其如此，何输姑射仙人；问赏识以谁同，应效濂溪君子⑦。

　则见红衣瑟瑟，绿水差差。汀兰交翠，岩蕑分披⑧。许践涉江之约，无虚鼓棹之期⑨。十幅满帆，欲觅搴芳之侣；一条菱港，恰逢避暑之时⑩。若泛晴波，直坐花于面面；倘邀雅集，还雪藕以丝丝。凭雕栏以容与，翻如解语；过陂塘而延伫，直欲催诗⑪。坐此忘归，莫虑所居陋矣；中央宛在，拟将溯洄从之⑫。

物莫齐芳，人当比德。怀彼美兮东西，思君子兮南北⑬。名山潜淡泊之身，尔室养冲和之息。羞捷径于风尘，鄙秾华之雕饰。栖迟于半村半郭，何妨指白水以盟心；潇洒于一壑一丘，无俟隐青溪而杜阅；擅夫胜致，有如浪静花明；寄此渊襟，所羡中通外直⑭。

此游不俗，予情信芳⑮。久相看而不厌，他有耀以弥光。托遐情于白社，驰清梦于江乡⑯。匪曰麝过春山，十分馣馤；岂惟鸭温静夜，一味馨香⑰。溪桥野岸之间，孰令搜奇而到此；蛮烟瘴雨而外，正堪熏德以无忘。

花与池而相得益彰，人与花而相知恨晚。奚羡华顶之池，孰称乐游之苑⑱？不殊秋登桂岭，凡骨疑仙；较胜春入梁园，移情独远⑲。畴乐此以不疲，我游焉而忘返。

至若花满曲江，香盈梓泽；朝迎画鹢，暮送珠舶；筵启琼瑶，杯浮琥珀；虽畅选胜之豪情，讵称风流之□□⑳？盖名区贵远于喧嚣，而清赏用多夫神益。惟斯天开异境，独成绝域之奇观；是宜人醉清风，不作炎天之热客。

所以麻龙故城，曾传□迹；黎溪荒驿，聿著□声㉑。若酿醴以多甘，汇灵源于一勺；更生香而弗断，撷芳颖以千茎。非同岭外之冉溪，谓以愚而见辱；足疑沧洲之金蕊，非有仙而亦名㉒。即此歌涉江诗，不必度锦帆而目眩；于兹得消瘴地，何须服薏苡以身轻㉓。□陪幕府之宾，珠圆玉润；恍结庐山之社，骨秀神清㉔。徒夸盛事于习池，未有此花为四壁；如验嘉征于蓉镜，知足乎地聚群英㉕。

【注释】

①武安：即今会理县，元置武安州，明废。荷花池在会理黎泽驿。

②皴（cūn）：打皱，皱缩。

③桂丛：汉淮南小山《招隐士》："桂树丛生兮山之幽，偃蹇连蜷兮枝相缭……攀援桂枝兮聊淹留。"兰室：《孔子家语》："与善人居，如入芝兰之室，久而不闻其香，即与之化矣。"

④绳水：《清一统志》："金沙江即古绳水。"

⑤晨露未晞之涘（sì）：《诗经·秦风·蒹葭》："蒹葭萋萋，白露

曹永贤

未晞。所谓伊人，在水之湄……兼葭采采，白露未已。所谓伊人，在水之涘。"涘，水边。

⑥洹（huán）水：古水名，在今河南省北部；鉴湖，亦称镜湖，在浙江绍兴。

⑦姑射仙人：《庄子·逍遥游》："藐姑射之山，有神人居焉。肌肤若冰雪，淖约若处子。不食五谷，吸风饮露，乘云气，御飞龙，而游乎四海之外。""射"音 yè；濂溪君子：北宋周敦颐字茂叔，晚年在庐山莲花峰下建濂溪书院讲学，世称"濂溪先生"，作有《爱莲说》。

⑧岩茝（chǎi）：茝，古书上说的一种香草；分披：即纷披，盛多貌。

⑨涉江之约：《古诗十九首》："涉江采芙蓉，兰泽多芳草。"鼓棹（zhào）：划桨，指归隐江湖。

⑩搴（qiān）芳：采摘花草。

⑪容与：闲暇自得貌；解语：即花解语，比喻胜似花朵般的女子；陂（bēi）塘：池塘。

⑫莫虑所居陋矣：《论语·子罕》："君子居之，何陋之有？"莲为花中君子；溯洄从之：《诗经·秦风·兼葭》："溯洄从之，道阻且长。溯游从之，宛在水中央。"

⑬怀彼美兮：苏轼《前赤壁赋》："渺渺兮予怀，望美人兮天一方。"思君子兮：《诗经·大雅·卷阿》："岂弟君子，四方为则。"周敦颐《爱莲说》："莲，花之君子者也。"

⑭指白水以盟心：《左传·僖公二十四年》："公子（重耳）曰：所不与舅氏同心者，有如白水。"隐青溪而杜阍：隐居之有道者，晋郭璞《游仙诗》"青溪千余仞，中有一道士……借问此何谁，云是鬼谷子。"杜阍，即拒交豪门；中通外直：见周敦颐《爱莲说》。

⑮余情信芳：《离骚》："制芰荷以为衣兮，集芙蓉以为裳。不吾知其亦已兮，苟余情其信芳。"

⑯白社：隐者所居，语出《晋书》。

⑰匪：同"非"；馣（ān）馤（ài）：香气。

⑱华顶之池：指华清池，在陕西省临潼县南骊山下；乐游之苑：乐游苑在江苏省江宁县东北，见《宋书·礼志》。

⑲桂岭：山名，在广东曲江县，桂水所出，其山多桂；梁园：在河南开封市东南，汉梁孝王所建游赏宴客之园，一作"梁苑"。

⑳曲江：在陕西省长安县东南十里，唐时秀士每年登科及第赐宴于此；梓泽：即所谓金谷园，在洛阳西金谷涧中，晋时石崇所建别墅；艭（shuāng）：一种船；□□：此二字不清，下同。

㉑麻龙故城：元置麻龙州，治在今会理县东，明置麻龙县，后废；黎溪：元置黎溪州，治在今会理县西南之黎溪镇，后废。

㉒冉溪：水名，在湖南省零陵县西南，亦名染溪，柳宗元改名为愚溪，见《愚溪诗序》；沧洲：水边，后常用于称隐者所居之地。

㉓涉江诗：见前注；锦帆：隋炀帝乘舟出游，以锦为帆，见《开河记》；服薏（yì）苡（yǐ）以身轻：马援在交趾，常食薏苡实，用能轻身省欲，以胜瘴气，见《后汉书·马援传》。

㉔幕府：亦称莲花府，语出南朝齐卫将军王俭故事，见《南史·庾杲之传》；庐山之社：白莲社，又称莲社，晋时高僧慧远等与当时名士共一百余人于庐山虎溪东林寺结社同修佛事，掘地植白莲，故名。

㉕习池：襄阳之游宴胜地，见《世说新语·任诞》，刘孝标注引《襄阳记》；蓉镜：即芙蓉镜，《酉阳杂俎》载：唐士子李固言，下第游蜀，遇一老姥，云"郎君明年芙蓉下及第"，次年果中状元，后常以"人镜芙蓉"为得科第之预兆。

【简析】

荷花池旧称"黎溪莲沼"，为"会理八景"之一，历代文人多有题咏。作者远游至此，想不到在"蛮烟瘴雨"的西南边地，发现了"远于喧嚣"的"绝域奇观"。置身其中，令人如痴如醉，物我两忘，思想感情高度升华。全篇语言骈偶对仗，音韵铿锵，词句雅丽，用典虽多却又贴切，信手拈来，略无痕迹。奇思妙想，才情横溢，格调清新，意境高远，展示了作者非凡的才学。

曹永贤

山居赋①

余名让半千，年逾三十，感一事之无成，幸二毛之未见；才非绣虎，拔尚雕虫，作《山居赋》②。

若夫大枝臃肿，知非绳墨之材；小草葱芊，确是岩阿之物③。龙倦跃以宜潜，蠖忘伸而善屈④。菊瘦相怜，芝肥试掘。雨过而云都欲卧，心共安闲；风来而石似将飞，气仍奇崛。高不峣峣，久毋郁郁⑤。室曾何陋，又将舍此何之？林苟信芳，岂以无人而不⑥？

此山也，儿孙邛筰以临滇，兄弟岷峨而障蜀。使其瑞书封禅文，名托真形录。则将终古歌铭，其亦崇朝亭毒⑦。而乃烟沉拔地之标，雾隐撑天之纛，殆留以居余也。曷不枕碧茵红，屏青几绿？倚窗睡去，聊冥陶令之心；抱璞归来，自卫卞和之足，得佳趣兮于此有敞庐⑧。

其在兹，梯形亩辟，弓样桥支，竹经雨活，杉带云移，赁梁楼燕子，留水育鱼儿。非徐穉无榻，惟英招有祠⑨。松子落调鹦之架，豆花开隔虎之篱。七八尺庭尘自扫，两三家邻笛同吹。孤何患百不知，鸟非出自牛，任呼为于焉⑩。寝思图史之香，台避文章之债。课读襃功，巡耕报最⑪。阐幽吟十月之梅，求瘼赠三年之艾⑫。大槐依而将相相逢，本草翻而君臣忽会⑬。听莺从细柳吹笙，骑马得长松拥盖。夷势利于泥污，避尘嚣于蛊癫；鹪巢一以安身，兔穴三而远害⑭。拙矣鸠营，清乎蝉蜕；安排薜荔，或栽从青藓之间；分付桃花，莫流到白云之外⑮。

有仲开径，无刘问津；爱剪韭以邀友，或披裘而负薪⑯。菌脆疑香肉，鱼鲜得细鳞。湾湾消夏，坞坞藏春。若乃瓜筵橘圃，雪夜霜晨；桂树频招旧隐，梅花试认前身⑰。玉枕则南华已化，铜盘而北阮非贫；无意名经奉佛，有时醉笔传神⑱。但看梧落萁生，都忘甲子；便逐槿荣蒲槁，不守庚申⑲。登临随地势，歌哭任天真。百岁犹思乐此，千钟知属何人⑳。

其居也，谷势盘回，溪流带抱，屋后兰迟，门前柳早。围云则石气浸垣，沼月而波光映橑㉑。新栽大谷梨，夙辨琅琊稻。笔床开供奉之花，书带茁康成之草㉒。才论斗而有句皆精，石为仓而无书不宝。喧秧鼓兮伯旅欢然，舞柘枝兮儿童绝倒；清娱教茗椀相随，德曜誓荆钗偕老㉓。诗文亲友代存，木石子孙长保；闲因地避，何须巢父买山；凿破天荒，多谢唐蒙开道㉔。

乱曰：柏林之峇崿千万寻兮，曾名不高于笣马；芜榛没草不知又几百年兮，屹黑水西南之广野㉕。彼武皇之雄略，仿昆明以池兮，讵不望山图而成厦㉖。何谓神仙终不可求兮，徒凭吊未央之瓦；矧避处而疏狂兮，今寂寂而㉗。

【注释】

①作者的家在盐源县上干海子，地处盐源坝子的北边缘，靠近山区。

②半千：唐代员馀庆的别名，《旧唐书·文苑传中·员半千》："员半千，本名馀庆……义方嘉重之，尝谓之曰：'五百年一贤，足下当之矣。'因改名半千。"二毛：指头白有二色，晋潘岳《秋兴赋序》："余春秋三十有二，始见二毛。"绣虎：指才气雄杰，辞藻华丽者；雕虫：指诗文辞赋。

③绳墨：木工用的墨线；岩阿：山的曲折处。

④蠖（huò）：昆虫名，尺蠖，行动时身体一屈一伸的前进。

⑤峣（yáo）峣：高貌。

⑥"林苟"句：《孔子家语》："芝兰生于幽谷，不以无人而不芳；君子修道，不以穷困而变节。"

⑦亭毒：《老子》："长之育之，亭之毒之，养之覆之。""亭"当读为"成"，"毒"当读为"熟"，因古音同，故通用，后引申为养育、化育。

⑧曷（hé）：怎么，为什么；冥：暗合，默契；陶令：指晋诗人陶渊明，曾任彭泽县令，故称"陶令"；卞（biàn）和：春秋时楚人，相传他得玉璞，先后献给楚厉王和楚武王，都被认为欺诈，受刑砍去双脚，楚文王继位，他抱璞哭于荆山下，文王使人琢璞，得宝玉，名为"和氏璧"，见《史记》。

⑨徐稚（zhì）：东汉豫章（今南昌）人，著名的高士贤人，相传豫章太守陈蕃（fán）极度敬重徐稚之人品，而特为其设一榻，来则待，去则悬；英招：上古时期中国神话传说中的神兽，为马身人面虎纹鸟

翼，是看护花园的神兽，属华夏族和西戎部落，见《山海经·西次三经》。

⑩百不知：唐白居易诗《自问行何迟》："眼底无一事，心中百不知。"

⑪巡耕：谓巡视农耕；报最：犹举最，旧时长官考察下属，把政绩最好的列名报告朝廷叫"报最"。

⑫瘼（mò）：民间疾苦；艾：艾蒿，叶可灸病，《孟子·离娄上》："今之欲王者，犹七年之病求三年之艾也。"

⑬翻（fān）：翻动。

⑭夷（yí）：铲平，削平；蛊（gǔ）：古代传说中一种能毒害人的虫子；癞（lài）：旧称麻风病；鹪（jiāo）：鹪鹩（liáo）、鹪莺，均为益鸟。

⑮拙（zhuō）：笨拙，不灵巧；鸠营：比喻惨淡经营事业；薜（bì）荔（lì）：又称木莲，桑科，果实可作凉粉。

⑯有仲开径：《文选·谢灵运〈田南树园激流植援〉》："唯开蒋生径，永怀求羊踪。"李善注引《三辅决录》："蒋诩，字元卿，隐于杜陵。舍中三径，惟羊仲、求仲从之游。二仲皆挫廉逃名。"无刘问津：陶潜《桃花源记》："南阳刘子骥，高尚士也，闻之，欣然规往。未果，寻病终，后遂无问津者。"

⑰旧隐：昔日的隐居处或隐士；前身：佛教用语，指轮回前的生命，犹前生。

⑱南华：指庄周的蝴蝶梦，庄周后世称南华真人；北阮：《世说新语·任诞》："阮仲容、步兵居道南，诸阮居道北，北阮皆富，南阮贫。"名经：指登名榜。

⑲蓂（míng）：传说中的瑞草。

⑳千钟：指优厚的俸禄。

㉑橑（liáo）：屋橑。

㉒康成之草：书带草，系百合科沿阶草属常绿多年生草本植物，又名沿阶草、康成草。典出《后汉书·郡国志四》注引《三齐记》曰："郑玄教授不其山，山下生草大如薤（xiè），叶长一尺余，坚韧异常，士人名曰康成书带。"后以此典称读书治学之所，也用于咏草。

㉓伯旅：许伯旅，字廷慎，号介石，明代浙江黄岩人，升太学，试文华殿，洪武初由选贡官刑科给事中，以诗名，时称"许少杜"，著有《介石集》；柘（zhè）：柘木，落叶灌木或乔木；绝倒：笑得前仰

后合；茗：茶；椀：即碗；德曜：亦作德耀，汉梁鸿妻孟光的字，"初，夫妇耕织于霸陵山中，后随夫至吴地，鸿贫困为人佣工，每归，光为具食，举案齐眉，恭敬尽礼"，见《后汉书·逸民列传》；荆钗(chāi)：荆条制作的髻钗，古代贫家妇女常用之。

㉔木石：树木和山石，《孟子·尽心上》："舜之居深山之中，与木石居，与鹿豕(shǐ)游。"巢父：传说为尧时的隐士；唐蒙，见前陈震宇《柏林山赋》注。

㉕乱：古时乐章的尾声叫乱，辞赋里用在篇末，总结全篇思想内容的文字也叫乱，常见于《楚辞》；岞(zuò)崿(è)：山高貌；筰马：《史记·西南夷列传》："巴蜀民或窃出商贾，取其筰马、僰僮、牦牛，以此巴蜀殷富。"筰马是西南地区最有名的运输马种，其特点是"质小而蹄健，上高山，履危径，虽数十里不知喘汗"；榛(zhēn)：丛生的树木；黑水：《山海经·海内经》："西南黑水之间，有都广之野，后稷(jì)葬焉。"

㉖仿昆明以池兮：昆明池，汉武帝在长安仿昆明滇池而建，以习水战，唐玄宗为攻打南诏，曾在昆明池演习水战，杜甫《秋兴八首》(其七)"昆明池水汉时功，武帝旌旗在眼中"。

㉗未央：指未央宫，汉宫殿名；矧(shěn)：况且；疏狂：豪放不羁；而：句末语气词，相当于"耳、哪"。

【简析】

作者生动传神地描写了山居优美的自然景色和田园风光，表达了寄情山水、怡然自得、心地高远的情怀。

中所蜜多园赋①

时清燕燕，气艳熊熊，莺迁出谷，虎踞腾空；垣堄带围于岫顶，塔尖锥卓于盘中②。舍卫城基布优蒲布金作地，于阗国绮交爱曼雕玉为宫③。庀材宛彼僰僮，负水纷其夷女；匠石司斤，公输画矩；松百尺以裁梁，柏千年而作柜。楩刻鸟檐，楩盘螭柱；开混沌于西南夷，壮巍然于盐中左所④。盘盘焉，囷囷焉，盖不犀带而解寒，非骊宫而清暑已⑤。尔乃石甃陶花，床松舜黍；窗月玲珑，栏云诘屈；砖砌子兰，石盆奴橘；佛葩烂烂以常飘，仙草茸茸而自苗⑥。

积雪小霁，谈禅檐蒲之林；清风时来，取醉芝兰之室。何处飞来桂子，分异种于花鬘天；此处证以莲花，味清芬于菠萝蜜⑦。竹径留客，梨园选歌；锦绮富于赤县，泉刀流似黄河⑧。置驿则传于骥子，呼茶而代以鹦哥⑨。地辟弓三，消作金银之海；天看尺五，簇成锦绣之窝；或倚玉树攀铜柯⑩。为之赋曰：宴罢欢无尽，花愁唤奈何；零零枝上露，百姓泪痕多！⑪

云烟忽过，日月如奔；石山淡淡以摇影，花砌依依而断魂。檐碎铃语，席黰酒痕；柳飏而风飘白打，梅开而月冷黄昏⑫。护惜之余情倍切，繁华之胜迹犹存。此地世家，乔木毋忘故国；他年邑乘，洛阳应载名园⑬。

曹子三载重游，两番小住；枝袅如迎，石寒若顾；夫果气壮风云，才工月露；则竹浪秋摇，松涛夜度⑭。花容皆玉叶之冠，石迹尽金莲之步。故不必穷珍丽而极雕华，亦何必毁瑰奇而全朴素；况创造者必主崇新，守我者仍期后故。不必管挥玳瑁，阁明太乙之莲；须知钩陋珊瑚，心种菩提之树；则三珠之培本有基，百叶之流芳无茹⑮。地邻孙水，漏天明老杜之诗；人异子山，借地作小园之赋⑯。

【注释】

①中所：原为盐源"五所土司"之一，其址在今黄草镇境内；蜜多园：为土司花园。

②莺迁：迁居、乔迁，这里指中所土司新衙门落成；虎：旧时五所土司被称为"五虎"；岫：山。

③舍卫城：古印度拘萨罗国都城，佛教圣地，相传是释迦牟尼长年驻留说法处；基布优蒲：即"给孤独"（又名须达多，意为善授），据说他用金砖铺地的代价购得舍卫城南的花园，专为释迦牟尼所用，"布金作地"即指此；于阗（tián）国：即今新疆和田县，汉西域三十六国之一，是古代佛教王国；绮交爱曼：作者自注为"西域言村也"，土司均信奉佛教。这几句大意是说，中所土司新建衙门建筑豪华，佛教色彩浓厚，宛如一个独立佛教王国。

④庀（pǐ）材：备齐材料；匠石：古代称名石的巧匠；公输：即

鲁班，春秋时鲁国巧匠；矩：木工用的曲尺；柜(jǔ)：同"榉"，柜柳，落叶乔木；枂(lǚ)：门上横梁；盐中：指今西昌市佑君镇一带，民国以前属盐源管辖，称为"盐中"；左所：盐源泸沽湖一带，旧时为左所土司管辖。

⑤盘盘焉，囷(qūn)囷焉：盘结交错，曲折回旋的样子，出自唐杜牧《阿房宫赋》；犀(xī)带：即犀角腰带，唐白居易《元微之除浙东观察使，喜得杭越邻州，先赠长句》："稽山镜水欢游地，犀带金章荣贵身。"骊宫：指唐代建于骊山上的华清宫。

⑥甃(zhòu)：井壁；诘屈：曲折；奴橘：指橘树或橘子，典出《三国志·吴志·孙休传》，唐陆龟蒙《丹阳道中寄友生》："旧栽奴橘老，新刈(yì)女桑肥。"佛蕾(pā)：指佛殿中的经幡、宝幢。

⑦菠萝蜜：桑科植物，常绿乔木，果仁香甜，另为佛教用语，指到彼岸。

⑧赤县：指"赤县神州"，也指京都所治的县；泉刀：古代钱币。

⑨骥子：良马；鹦哥：鹦鹉。

⑩弓三：古时丈量土地的器具，形似弓，一弓为五尺，弓三指狭小之地；柯：树枝。

⑪花愁：即酒病花愁之意，指因贪恋酒色而引起的烦愁。

⑫霉(méi)：晦黑，暗黑；飏(yáng)：同"扬"；白打：古代蹴(cù)鞠(jū)，游戏的一种形式，类似踢足球。

⑬世家：旧指门第高贵，世代为官的人家；邑乘：县志、地方志。

⑭曹子：作者自称。

⑮管挥玳瑁：用玳瑁甲作笔管的珍稀毛笔叫玳瑁管，挥即挥写；太乙之莲：北宋名画家李公麟绘有《太乙真人图》，绘真人卧一大莲叶中，执书仰读，韩驹题诗云："太乙真人莲叶舟。"钩陋珊瑚：本来珊瑚钩是一种祥瑞珍稀之物，这里作者反对奢华，以鄙陋视之；菩提：佛教音译名，指豁然彻悟的境界；三珠：指三株树，古代传说中的珍木，见《山海经·海外南经》；百叶：百世；茹：猜度，《诗经》"我心匪鉴，不可以茹"，无茹指无须猜测，自会实现的。

⑯孙水：安宁河；漏天：多雨天；老杜：指唐代伟大诗人杜甫，以别于杜牧（小杜）；子山：庾信字子山，北周文学家，有《哀江南赋》等名篇。

【简析】

这篇赋描写了当时中所土司衙门建筑的华丽、花园的精巧和生活的奢侈，俨然独立王国，同时也反衬出普通老百姓生活的艰辛。作者对这种穷奢极欲的生活进行了讽喻，语言精练，曲尽其妙。

渡泸赋

以"五月渡泸，深入不毛"为韵①。

丞相一征，泸江千古；莽莽荒烟，悠悠极浦②。乱云掠水，犹闻鹈鹕之声；杀气随波，只剩蛟龙之舞③。三分已矣，尘消两汉金刀；六诏依然，浪蚀千秋铜鼓。想当年，纶巾儒雅，阵走龙蛇；曾此地，铁甲辛勤，军驱貔虎④。从此兵成背水，令还肃以申三；看他扇指临流，气早壮于丁五⑤。

不有南征，焉能北伐；苟将修我戈矛，必先加之铁钺⑥。攻心为上，龙韬惊酋长之魂；瞻首而南，马革誓英雄之骨。我岂阻于习坎，遂回长子之师；彼方持此迷津，谓少如来之筏⑦。纵蜀中多俊杰，同响雷电之声；岂天上下将军，直犯风波之窟。何来飞渡，荡开荒服烟云；直挽长泸，洗出汉家日月⑧。

况其为地也，中流则怪石有声，两岸之乱山无数。试询名将，何如鱼腹之津；愿作忠臣，乍遇羊肠之路；波射日以乱飞，滩吼风而奇怒；羌越崴兮潆洄，正牂牁兮灌注⑨。蛮烟忽起，炎流黯黯之云；瘴雨初晴，毒张漫漫之雾。鞭投流断，帐底风低；舟济何从，旗边日暮⑩。安有大臣谋国，踌躇而至此空还；岂无壮士临风，慷慨而唤公无渡⑪。

然公则恬然挥手，奋不顾躯；尔甘为蠢，昂亦何须。必将青雀黄龙，一川曷济；请与桓熊虓虎，三刻而逾⑫。天限蛮夷，非不知名传若水；地鸣鼓角，更何必哭向穷途。即看浩浩而来，尽堪百战；纵有盈盈之水，莫待三呼。振辔而将军策马，衔枚而战士褰襦⑬。誓将犯险而征之，何如弗渡；所不平蛮而反者，有如此泸⑭。

千寻白水，一寸丹心；试看龙出水中，何曾真卧；仰见鹳飞天上，直虽俱沉⑮。□□云翻，闪出波中之雀；白虹星射，惊飞屿上之禽。横冲倒去之波涛，满江月动；回看来时之壁垒，隔岸云阴。信知水险于山，绝胜崎岖之险；纵使泸深似海，何如忠勇之深。

尔乃义士奋威，可汗就执，忠信能行，猖狂自戢⑯。漫谓一江水险，穴可营三；可知七纵恩深，擒何难十⑰。天威共济，同惊元老声灵；地利难凭，竟致蛮人感泣⑱。犹记鲛鳞布处，鱼丁曾快先登；期将虎子驯来，虎穴何劳直入⑲。

于是军旅还，声教讫；飞来太速，真疑弱水之仙；罗拜何诚，如奉恒河之佛⑳。应知劳旅所至，犹忆艰难；从兹息浪恬波，永无峻拂㉑。直因三顾，遂成此日勤劳；且喜重来，不是当时炎郁㉒。胜韩信木罂渡水，深矣就其；笑阿瞒铁槊临江，方思可不㉓。

渡人渺渺，泸水滔滔，炉传打箭，溪涉磨刀；山余庙食，浪付沙淘㉔。率土称臣，鼎盛代之金瓯永固；临河返驾，挥当年之玉斧空豪㉕。即今鼓棹中流，犹惊噎口；始识凌霄万古，不是凡毛㉖。

【注释】

①泸：指金沙江，"五月渡泸，深入不毛"为诸葛亮《出师表》中的句子，本篇八段分别以此八字为韵。

②丞相：指诸葛亮，字孔明，号卧龙，三国时期蜀汉丞相，杰出的政治家、军事家。公元 225 年，诸葛亮为了平定南中叛乱而发动了一场战争。

③鹳（guàn）：一种水鸟。

④貔虎：比喻勇猛的军队。

⑤令还肃以申三：大意为严肃军纪，三令五申；丁五：即五丁，神话传说中的五个力士，见扬雄《蜀王本纪》。

⑥钺（yuè）：古代兵器，似斧而较大。

⑦习坎：《周易·坎》："习坎，重险也。"长（zhǎng）子之师：语出《周易·师》，指正义之师，必胜之师；如来：指如来佛。

⑧荒服：古代五服之一，指边远地区。

⑨羌：句首语气助词，如《离骚》"羌内恕己以量人兮"。越巂、牂（zāng）牁（kē）：汉郡名，诸葛亮南征之地；潆（yíng）洄：水流回旋的样子。

⑩鞭投流断：把所有的马鞭投到江里，就能截断水流，形容人马众多，兵力强大，出自《晋书·苻坚载记》。

⑪唤公无渡：意为"叫你不要渡河"，《乐府诗集》有《公无渡河》诗，又叫《箜篌引》，唐代诗人李白亦作《公无渡河》。

⑫青雀黄龙：指青雀舟、黄龙舰；曷（hé）：何；桓（huán）熊虓（xiāo）虎：比喻勇士猛将；桓，即大，见《诗经·商颂·长发》，虓，即虎吼，勇猛。

⑬衔枚：古代战士行军口中横衔着枚（像筷子而短），防止说话；褰（qiān）襦（rú）：揭起短衣。

⑭弗：不。

⑮寻：古代长度单位，八尺为寻；鸢（yuān）：一种凶猛的鸟，通称老鹰。

⑯尔乃：于是；可汗（hán）：这里指少数民族首领；执：捉拿；戢：收敛。

⑰穴可营三：意为狡兔三窟；七纵：指诸葛亮七擒孟获的故事。

⑱元老：指诸葛亮，天子的老臣；声灵：声势威灵。

⑲鲛（jiāo）：鲨鱼；鳞：鱼甲。

⑳声教：声威教化，出自《尚书·禹贡》；讫（qì）：完毕；恒河：印度北部大河，梵语中指圣河、福水。

㉑兹：现在；恬波：平息波澜；峻：大；拂：违背、逆。

㉒三顾：指刘备"三顾茅庐"；炎郁：闷热。

㉓木罂（yīng）：木制的盛水的容器，《史记·淮阴侯列传》："信乃益为疑兵，陈船欲渡临晋，而伏兵从夏阳以木罂缻（fǒu）渡军。"深矣就其：《诗经·邶风·谷风》"就其深矣，方之舟之。就其浅矣，泳之游之。"阿瞒：三国时魏武帝曹操，字孟德，小名阿瞒；槊（shuò）：长矛，古代的一种兵器。

㉔炉传打箭：打箭炉是地名，即今四川省康定县，相传诸葛亮南征时，遣将郭达设炉打箭于此；溪涉磨刀：磨刀溪是水名，属长江南岸一级支流，发源于石柱县，相传三国时蜀将关羽曾在原万县磨刀溪磨过战刀，后人在溪旁建有"关帝庙"作纪念。

㉕率土称臣：《诗经·小雅·北山》："率土之滨，莫非王臣。"鼎：鼎新、革新；金瓯（ōu）：比喻疆土、江山，瓯指小盆小碗一类器皿；挥当年之玉斧：传说宋太祖赵匡胤在平定四川后，率军至大渡

河，手挥玉斧说："此外非吾有也。"意思是大渡河以南的大理国不属于我的版图了，于是返驾回兵，一种说法是他用玉斧指着地图说了以上这番话，并未亲自到大渡河；空豪：空有豪情。

㉖鼓棹（zhào）：划桨；噎（yē）：本指食物等塞在喉咙，这里指惊恐不敢出声；凌霄万古：杜甫诗《咏怀古迹五首·其五》赞美诸葛亮："诸葛大名垂宇宙，宗臣遗像肃清高。三分割据纡筹策，万古云霄一羽毛。"

【简析】

《渡泸赋》以三国时期诸葛亮亲率大军平定南中为题材，生动再现了蜀军披荆斩棘、英勇无畏的战斗精神，对诸葛亮的盖世功勋高度赞扬。在创作上，八段文章依次以"五月渡泸，深入不毛"八字为韵，别致清新；语言运用巧妙精练。

古柏树土千户郎廷芳墓志铭①

曹永贤

公姓郎氏，名廷芳，盐源古柏树人。古柏树一名古柏夫，与百户音近。明太祖时，有土百户毛海，毛氏灭，郎氏始兴。古柏树实县屏藩，故独以柏号云。郎氏其先，盖出于靡莫，史称与滇同姓者也。靡，古音"磨"。其后转摩莫为摩些，如楚词之些，又转为摩梭，其楚庄王之裔与②。

明季蕃投氏扰，郎氏为豪族，能制董遮诸夷，邑赖以存。公曾祖俊位，于国朝康熙四十九年，率土投诚，为诸夷倡，题授土千户，称古柏树自兹始。五十二年四月十七日故。子三宝嗣，是为公祖。三宝生子世忠、世魁。公世魁之子。

道光六年入觐，恩赏四品顶戴③。公厚重诚朴，无纨绮习，日劳于外，知稼穑艰难，姻党贤之，目民附之。及袭官，以忠顺著。睦于邻，惠于佃，尤能体恤夷民。征之也如不忍，使之也如恐伤，故民亲之如父；目不扰而疾苦闻，刑不施而号令简，故民尊之如神。当是时，牛羊满山谷，酥酪满瓶罍。妇女垂珠珞，叟妪饮酒浆。民气舒合，云歌月舞；浑浑然，陶陶然，太古之风焉！呜呼，盛矣！

娶八氏某公女也，性柔和明敏，能覆露其族姻，抚循其舍目，上下雍，内外昌④。民或犯杖笞，必呼慰藉之；抚创流涕，戒无复然。已，乃酒食遣之去，至诚恺悌⑤。故百姓如一家，莫不畏威而怀德。生一子名跃升，教以义方。虽早孤，不隳其绪⑥。

道光十八年遣舍目代觐。十九年，县属梅易堡被匪焚劫，带练剿平，以功赏戴蓝翎。咸丰三年入觐，皇恩赏赉四品翎顶，蟒袍补服，朝珠靴韡，荷囊烟壶，玻璃瓷瓶⑦。皇恩高厚，视前代有加。四年，滇匪张大脚板滋扰，奉派剿竣，以功赏换花翎。十年，滇回马荣光陷会理及棉花地，奉调尤为出力。事平，赏换三品顶戴。

公之贻也，母之教也。公生于某年月日时，卒于某年月日时，犹沿火葬俗。至同治三年，太宜人年八十有余矣，寿终，乃以中国礼，卜茔而奉公骨合兆焉⑧。公不妄交而交笃，与先君契合最深。嗣君与余继好，尤患难相依⑨。既葬，请铭，义不可辞，特次其先世，而并附其子功。古柏树有墓铭，自此始。铭曰：

有柏树参天，根仁枝福；材不徒生，爰官爰屋。庇我西南，茂松苞竹；惟兹世臣，时亦乔木；乔木植矣，森森丸丸；近扫哈喇，远祛岑盘⑩。炳炳耀耀，戈甲衣冠。匪应列宿，畴称郎官；郎官何初，朱明之季⑪；卫庇盐泉，民生攸遂；汲耀旌常，遂开带砺；维功及人，维德永世⑫。世禄崇矣，守之不崩；隆隆三叶，天眷畴膺⑬。彼不有庆，其何以兴；归于有德，以罔不承。承德既恒，爰创爰守；惟天难谌，得地之厚⑭。福匪妄降，立斯不朽；边邑干城，夷民父母。父母失矣，夷怆实深；贝叶妙梵，芦笙凄音。逢逢莲国，郁郁松岑；峨彼佛塔，怀哉公琴⑮。公琴方思，母仪载播；教家以和，勤职匪惰；骈𫐉村屯，卵翼良懦；维古克昌，孰内无作⑯。内佐思齐，来嫔自人⑰。谁其嗣之，徽音在喇⑱。维柔又刚，惟生玄杀。彤管有开，式为家法⑲。家法懿哉，荣甲筶都，如彼云扰，惟柏与扶。曰采翘羽，云兰艳珠。天恩祖德，峨乎焕乎。焕矣增华，永哉承祚；孝启门声，忠驰皇路⑳。黛接骈枝，必灵斯墓；敬告千秋，思人爱树。

【注释】

①据清同治《摘录盐源县志》。

②些（suò）：句末语气词，只出现在《楚辞》中，大约是古代楚

地的方言。

③入觐（jìn）：指地方官员入朝晋见帝王。

④八氏：指右所土千户八氏，各所土司之间多联姻。

⑤恺（kǎi）悌（tì）：和乐平易。

⑥隳（huī）：毁坏，崩毁。

⑦赉（lài）：赐予；鞲（gōu）：臂套，用革制成，用以束衣袖，便于射箭等操作。

⑧太宜人：明清时五品官之母或祖母的封号；茔：墓地；合兆：古代卜卦术语，指解释卦象。

⑨笃（dǔ）：忠实；先君：作者自称已故的父亲曹立岣；嗣君：指郎廷芳之子郎跃升。

⑩丸丸：高大挺直貌，《诗经·商颂·殷武》："陟彼景山，松柏丸丸。"哈喇：蒙古语，杀头，引申为砍杀声，又指黑色。

⑪畴：以往，以前。

⑫带砺：衣带和砥石，比喻世受皇恩、与国同休，典出《史记·高祖功臣·侯者年表》。

⑬三叶：三世，见张衡《思玄赋》。

⑭惟天难谌（chén）：谌，信任，见《尚书·咸有一德》。

⑮逢（páng）逢：象声词，鼓声；公琴：坟墓，见《水经注·沘水》。

⑯帡（píng）幪（méng）：帐幕。

⑰嫔：古代称帝王诸侯的姬妾。

⑱徽音：指令闻美誉。

⑲彤（tóng）管：指女子文墨之事。

⑳祚（zuò）：流传；皇路：国运，比喻仕途。

【简析】

这篇墓志铭首先叙述了墓主的家世、族源、爵位等，接着用韵文的形式赞美了他的生平功绩，辞章典雅华美，对研究盐源县土司历史具有重要参考价值。

曹永贤

创建培元亭记①

元者气之始，德之原，天所以生，生而不已者也，故曰大哉②。乾元万物资始，亦孰得而培之③？体元建中和之极，调元尽参赞之功；曰培元，未前闻也；且亭焉，何也④？曰：政莫先于振民气之衰，善莫大于复最初之理。

吾邑滨于若水，实黄帝子昌意所居；筜之名，始见国策，自汉末昆明、诸济诸城就湮久矣⑤。本朝改卫而雄之狄獠，革生聚繁而山水秀灵，犹阒焉未畅⑥。为形家者言者曰：山环而缺于巽，则篱围不完，法宜多盗；城旷而虚其中，则文明弗显，法不即昌，扶舆固有憾欤！抑培之者或少也，亭焉而可⑦。邑人士曰：信是，宜急营。

乃请于前任周公，募众而经始焉，徐公踵之，规抚乃备⑧。亭于公廨为巽，于城位居中；崇三层、经六丈，翼然临于四达之衢；下可建旗，而上可览胜，杰构哉⑨！工历凡六载，经费逾二千，可谓劳矣。而士日昌其文，民日昌其业；盗贼屏息，年丰人和，咸熙熙焉归于亭而功之于神乎？卜命曰培元。夫元宰降中于民，协于中则锡之福，心在人中，非以亭在城中也，亭亦何培乎哉⑩！虽然邑僻以罢人，辄以无由振拔，遂暗然而不复自雄，藉斯亭作之气而鼓其机，莫可谓人事尽而天且降其吉，地且贡其灵也⑪。士相摩精其业，民相助守其乡，其神速有如此者。

然则人莫不赋此元以生，德业事功皆所自有，患自诿耳。振则必兴，不观之亭乎？当其无有亭，旷土耳。忽而聚谋、而相度、而鸠庀、而落成，遂如添卓笔之峰，如屹中流之柱，何以故？培之故⑫。即其未成亭，亦基址耳；由是基而础、础而柱、柱而栋、栋而宇，又必鱼鳞以被其桷、鸥吻以据其椒，何以故？培之故⑬。矧在天为元，在人为仁；城心不可无亭，人心不可无仁，其亦有睹斯亭而兴起者乎！

吾愿登斯亭者，思元德之宜修而崇滋，而长共勉勉焉，以迓元吉之来⑭。而为父母者子其元元，鼓舞裁成，而莫或伤其元气⑯。数年后，风俗淳，人文盛，且共勖其德；如高阳氏才子，跄跄跻跻，和声以赓元首之明，又岂独作百花头上想哉！虽谓亭，实培之可也⑰。

邑有亭自兹始，记之。

【注释】

①培元亭：即盐源县卫城钟鼓楼，今已不存。

②元：元气，指天地未分之前的混沌之气，指人的精神、精气，也指国家和民族得以生存、发展的物质力量和精神力量。

③乾元：《周易·乾》：大哉乾元，万物资始，乃统天。

④体元：谓以天地之元气为本；调元：调和阴阳，调理元气，也指执掌大政；亭：用作动词，建亭；焉：于此。

⑤若水：据说黄帝二十九年，帝后嫘（léi）祖于若水生昌意，见《史记》；国策：指《战国策》；昆明、诺济诸城：唐代武德二年（619）在今盐源置昆明县，诺济城在县西，唐置，天宝末没于吐蕃；湮（yān）：埋没。

⑥雉：野鸡；狂（pī）猱（zhēn）：野兽成群奔跑的样子；阒（qù）：断绝，见《汉语大字典》，如"流风未阒"。

⑦形家者：旧时看风水的堪舆家；巽：八卦之一，代表风，方位代表东南方；欤：语气助词。

⑧周公：周锡龄，陕西襄城县增生，清咸丰四年（1854）任盐源县令；徐公：徐福麟，山西忻州举人，咸丰五年（1855）任盐源县令；规复：仿效、依循。

⑨公廨（xiè）：指县衙；衢（qú）：大路；建旗：竖立旗帜。

⑩元宰：指宇宙自然之主宰；协于中：合适；锡：通"赐"，赐予。

⑪罢人：疲困的人，杜甫《宿花石戍》："罢人不在村，野圃泉自注"；辄（zhé）：就；藉：通"借"。

⑫鸠庀：即鸠工庀材，召集工匠、准备材料。

⑬鸱（chī）吻：中式房屋屋脊两端陶制装饰物；椒：椒图，神话传说中的一种形似螺蚌（bàng）的动物，常闭口，古代画于门上做装饰。

⑭迓（yà）：迎接。

⑮元元：百姓，《战国策·秦策一》："制海内，子元元，臣诸

113

⑰勖（xù）：同"勖"，勉励；高阳氏才子：《左传·文公十八年》："昔高阳氏有才子八人……齐圣广渊，明允诚笃，天下之民谓之八恺（kǎi）。"跄（qiāng）跄跻跻：人物众多貌；元首：君主；百花头上：梅花耐寒，开在百花之先，用以比喻状元及第，见宋孔平仲《谈苑》。

【简析】

文章记叙了修建培元亭的缘由、经过和结果，最后表达了对家乡美好未来的愿望。夹叙夹议，富含哲理及朴素的民本思想。

《德昌所志略》序①

蜀称古梁州，为文人薮，著作林立，美不胜收②。扬子云之《蜀都赋》，常道将之《华阳国志》，固名著一时，光照千古者也③。他如杨升庵、王玉垒、杨芳洲三太史，要皆以志为志④。以是知地之不可无志，志之不可无人也。

同谱鲁斋曾君，寓德寒士也；性情傲岸，强记博闻，矢志在三代以上⑤。髫年习举子业，屡试不售，因淡意功名，日以著书立说为务⑥。然其说日益富，其家日益贫；薪水之需，半资中馈⑦。虽室人交谪，晏如也⑧。其所著有《管窥日录》《纲鉴辨疑》《曾氏家言》等书，皆词严义正，言简义赅，惜为兵燹所废。丙寅之秋，邮寄《德昌所志略》示余，因展而读之，见其中山川民物风土人情，条次井井，灿然在目，若忽忽登光山之顶，游孙水之涯⑨。望月桥头，观瀑崖上；或遇仙人于洞府，或逢处士于崖阿；或文章辞翰与文人相鉴赏，或云山风月与骚客共讴吟；几不知手之舞之足之蹈之，若忘其在案头也者。

吁，甚矣！德昌之湮没不彰者几千有余岁矣⑩！得鲁斋表而出之，俾僻壤荒隅得与名都附骥，而德昌之名于是乎千古矣。孔子云："君子疾没世而名不称焉。"⑪是则鲁斋之苦心，是则鲁斋之志也矣！

【注释】

①《德昌所志略》：全一册，作者曾曰唯字鲁斋，西昌县德昌所（今德昌县）人，以军功补授湖南船溪巡司（今沅陵县西南），后归籍，于清同治四年（1865）写成此书。

②梁州：古"九州"之一，《尚书·禹贡》："华阳、黑水惟梁州。"华阳指华山以南，黑水一说为金沙江，一说为怒江，一说为澜沧江；薮（sǒu）：人或物聚居之地。

③扬子云：汉代著名文学家扬雄字子云，成都人，擅辞赋，有《蜀都赋》等；常道将：晋朝著名学者常璩（qú），字道将，蜀都江原（今崇州市）人，所著《华阳国志》，为最早、最杰出的西南地方志。

④杨升庵、王玉垒、杨芳洲三太史：杨升庵，见后颜汝玉诗《吊杨升庵夫子》注，王元正，字舜卿，号玉垒，正德进士，由翰林院庶吉士授翰林院检讨，后以"大礼议"事件谪戍茂州（今四川茂汶羌族自治县）卒，杨名，字实卿，号芳洲，四川遂宁人，明嘉靖时乡试第一，廷试第三，授翰林院编修，以直谏获罪，谪戍瞿塘卫，释归后居家不复出仕，以上三人均曾在翰林院任职，明清时期翰林亦称太史，据李贽《续藏书·杨慎传》，嘉靖十九年（1540）八月，巡抚刘大谟聘请杨慎、王元正、杨名纂修《四川总志》；以志为志：以修志为志向。

⑤同谱：指作者与曾曰唯均以军功授职，故称"同谱"，谱指谱籍，此指军功册籍；矢：通"誓"；三代：指夏、商、周，孔子认为，春秋战国以后礼崩乐坏，人们不再讲究仁义道德，所以要一心恢复三代圣人统治。

⑥髫（tiáo）年：童年；售：考试得中。

⑦半资半馈：指一半靠妻室操持（饮食之事），语出《周易·家人》："无攸遂，在中馈。"

⑧室人交谪：家里人都责备，语出《诗经·邶风·北门》；晏如：安然。

⑨光山："在所西六里，高五百余丈，雄秀清奇，松杉茂郁，为所主山"（《德昌所志略》）。

⑩几（jī）千有余岁：大约千余年，几，即将近。

⑪君子疾没世而名不称焉：大意为君子所忧患的是终身美名得不到传扬，语出《论语·卫灵公》。

曹永贤

【简析】

　　首先阐明地方须有志，而修志尤须有人，纵论古今，起势不凡。接着评述了曾曰唯高尚的志向和丰富的著述，重点对《德昌所志略》作了充分的描述和肯定。文章不长，但层次井然，词采绚丽，论述精当，为序文之典范。

梁鸿翥

梁鸿翥（1842—1910），字翰臣，号羽逢，广东三水县人，清光绪癸未科（1883）进士，授翰林院庶吉士，光绪十四年（1888）任盐源知县。著有《入蜀纪程》《绿榕轩诗草》等。"翥到任后，实行兴教化，饬胥吏，息夷争，清积狱，邑境遂得太平。去任之日，绅民攀辕送至数十里，又以彩红挂轿，并请留靴于清官亭纪念。"

盐源县观风示①

诚以经术实裕乎经纶，而文章亦关乎文教。盐邑界近南滇，地仍西蜀，爰稽往迹，不乏文人。赋卖黄金，司马遂题桥之志；经留元草，子云来问字之踪；加以苏氏多才，亦称桑梓②。

即如来君，著易尚有典型。况此地竿水钟灵，柏林撷秀；观银湾而涨腻，墨海遥翻；接玉柱之云高，文章峰矗；立知必有羽仪③。六籍鼓吹，百家吐词；锵金石之音，镂句灿花葩之色者，孰谓声教不敷于遐逖，考求无俟于官司乎④！

本县学愧腾蛟，才非绣虎；棘闱八战，始遂扶摇；蕊榜联题，幸承弓冶；再世啗红绫之宴，三年随青史之班⑤。始而步接蓬瀛，继乃符分花县；来从天上，几疑我亦神仙；谪向人间，又作民之父母⑥。

携琴鹤而装轻，清献风慕高风；设学校而化起，文翁敢忘雅范⑦！下车伊始，课士维殷；想多士钻研有素，杼轴无难；或精奥而理探程朱，或古艳而香熏班马；边孝先腹倾经笥，李长吉心呕诗囊⑧。倘教黄绢有词，何患青钱不选⑨。此日昼长花院，试含毫而竞放江花；连番春满草塘，合义手而齐吐谢草⑩。勿谓万言立待，技仅雕虫；请看八代起衰，气如吐虹；风谣可采，月旦奚辞簿书；苟有余闲，文字亦堪结契⑪。

我刮金篦之目，君霏玉屑之言；幸勿袭旧以携蓝，要必翻新而战白^⑫。搜肠竟日，任抒云锦之章；转眼经秋，卜染天香之袖^⑬。

【注释】

①观风：《礼记·王制》："命大师陈诗以观民风。"这里指县官上任后，要对本县生员进行考试，以了解学生及本地一些情况；示：相当于公布、告示。

②司马：指西汉司马相如，他初离蜀赴长安，曾于成都城北升仙桥题句于桥柱，自述致身通显之志："不乘赤车驷马，不过汝下也！"（见《华阳国志·蜀志》）；苏氏：指以北宋著名的文学家、书法家、画家苏轼为代表的"三苏"。

③玉柱："玉柱朝晖""银湾夜月"均为"盐源八景"，见前注。

④六籍：即六经；孰：谁；遐迩（tì）：远方；俟（sì）：等待；官司：旧时泛称官吏、官府。

⑤棘闱：科举考场；弓冶：谓父子相传的事业，见《礼记·学记》；啗（dàn）：吃。

⑥蓬瀛：蓬莱和瀛洲，泛指仙境；符：这里指公文；花县：晋潘岳为河阳令，满县遍种桃花，人称"河阳一县花"。

⑦清献：赵抃（biàn）（1008—1084），北宋名臣，官至右谏议大夫、参知政事、太子少保，在朝弹劾不避权势，时称"铁面御史"，平时以一琴一鹤自随，为政简易，去世后追赠太子少师，谥号"清献"。

⑧杼（zhù）轴（zhóu）：比喻诗文的组织、构思；程朱：指宋代理学家程颢（hào）、程颐兄弟和朱熹的合称；班马：指西汉史学家班固、司马迁；边孝先：边韶，字孝先，汉桓帝时任尚书令，以文学知名，教授弟子数百名；经笥（sì）：比喻满腹经纶；李长吉：李贺字长吉，唐代著名诗人，想象丰富，构思奇特。

⑨黄绢有词：指优美的诗文；青钱：比喻优秀人才，"青钱万选"之典出自《新唐书·张荐传》。

⑩江花：江淹（444—505），字文通，南朝著名文学家，曾有"不知谁家子，看花桃李津"的名句；乂（yì）：才能出众的意思，见《尚书·皋陶谟》；谢草：谢灵运（385—433），南朝宋诗人，有"池塘生春草，园柳变鸣禽"的名句。

⑪万言立待：唐李白《与韩荆州书》："必若接之以高宴，纵之

以清谈，请日试万言，倚马可待。"八代起衰：宋苏轼在《潮州韩文公庙碑》中对韩愈的赞誉，赞扬他发起古文运动，"文起八代之衰"；风谣：古代民谣或风俗歌谣；月旦：指月旦评，东汉末年由汝南郡人许劭（shào）兄弟主持对当代人物或诗文和字画品评、褒贬的一项活动，常在每月初一举行，故称"月旦评"或"月旦品"，无论是谁，一经品题，身价百倍；奚：哪里、为什么；结契：交谊深厚。

⑫蓝：指蓝榜，科举考试中只要答卷不合规定或有了污损，就将其用蓝笔写出，截角张榜公布，并取消该考生的考试资格。

⑬卜（bǔ）：预测。这句大意是预祝考生今后能登金榜。

【简析】

这篇"观风示"是较为特殊的一种文体，实际上就是新任县令将要对生员进行考试，而提前发出的告示。首先阐述经纶文章的重要性，然后叙述自己的科考仕宦经历和志趣，最后是对生员的鼓励与期待。语言精练，词采华丽，唯铺陈用典略多。

梁鸿翥

∽辜培源∾

辜培源（1841—1931），号云若，江苏吴县监生，光绪十六年（1890）任盐源知县，书画家。1914 年在美国巴拿马博览会上，其国画首获一等奖。晚年居成都，去世后，清末民初著名诗人、学者、书法家林思进作挽联云："神澹澹履飘飘，萧散半生，每叹耆年此先友；水粼粼山巇巇（yǎn），凋疏数笔，近来画苑更无人。"本书插图《盐源八景》即出自其手笔，载于清光绪《盐源县志》。

《盐源县志》叙①

古者地志之书，所载不过方域、山川、风俗、物产。其可考者，如《书》之《禹贡》、《周礼》之《职方氏》是也②。厥后踵事增华，记载遂旁及他端，如《元和郡县志》者，踵其规而莫能易体例，相沿遂为作志定法焉③。然自汉、唐以来，古迹遗留所在，多有不肖记述，考古者不免有无征之叹④。而人物之殊尤⑤，艺文之繁富，倘概削而不录，则忠、孝、廉、洁之行，文章著述之才，苟不足以载入正史者，皆听其湮没而无闻，亦非仁人君子阐发幽隐之意也。故尝谓州县之志，亦可考其风俗之厚薄、政教之得失，与古者軺轩采风之典，事异而义同，制殊而道合，是以历代地志之体例，精密记述详赡者⑥。

我朝编四库全书，颇采择以入乙部，盖因其所系甚钜，故录其尤雅者，以垂青于将来也⑦。由是言之，微特通都大邑不可无所记述；即凡遐陬僻壤，亦岂遂无可述之事实？况山川、风俗、物产之伦，正宜记其殊异，以资考镜，又岂可域以方隅，而有所轻重于其间哉！

盐源自汉武帝元鼎六年置越嶲郡，即定为定筰县，后汉因之；晋、宋、齐、梁或置或省，唐五代为昆明县，宋属羁縻州，元为柏兴府领闰盐县及金县，明改为盐井卫指挥使司⑧。历代虽或隶版图而地近荒徼，犹未能大革其朴陋之风。

我国家肇造区夏，威德覃敷；我世宗宪皇帝，天地为心，兼包并育，悼山川之阻绝，恐声教之或遗；因于雍正六年，罢盐井卫改置县，设吏劝农而纳其赋税，建学校而董之以师儒⑨。由是此邑之人士、编氓，始大被文物声明之化，迄于今日已近二百年之久；则其传诸记载者，不已有灿然可观者耶⑩！

培源以庚寅之冬承乏，斯邑之人士拟刊邑志，而乞培源为之序；培源自惟德薄能鲜，不足为斯邑之仪型⑪。而厚有望于斯仪者，葆其真朴之性，而勿染乎浇漓之风；因其良善之质，而复渐乎诗书之泽⑫。行见日新月异，而人才之秀出者，泉涌云兴，山川增色，里称乎冠盖，俗同乎邹鲁；将使后之续志者，流连反复，而油然生景慕之意，于以昭圣代文明之治，不间远迩⑬。而邑志流传，且足以被乙部之采择，是则培源区区之意，所厚望于斯邑者也。于是因其请序，爰书此意以遗之⑭。

时光绪十七年岁次辛卯夏四月浴佛日，知县事吴郡云若辜培源撰并书⑮。

【注释】
①据清光绪《盐源县志》。
②《书》：即《尚书》，其中《禹贡》篇为中国古代地理名著，用自然分区法，把全国分为九州；《周礼·夏官·职方氏》："职方氏掌天下地图，以掌天下之地。"
③踵(zhǒng)：跟随；增华：更加完善。
④不肖（xiào）：不相像。
⑤殊尤：特别奇异。
⑥輶(yóu)轩：古代帝王使臣乘坐的一种轻车。
⑦乙部：古代群书四部分类法，一般依次为经、史、子、集，乙部即第二部史书类。
⑧羁縻（mí）州：古代在边远少数民族地区所置之州，以情况特殊，因其俗以为治，有别于一般州县。宋代赵升《朝野类要·羁縻》："荆广川峡、溪洞诸蛮，及部落蓄夷，受本朝官封而时有进贡者，本朝悉为羁縻州，盖如唐置都护之类也。"
⑨区夏：指华夏、中国；覃敷（fū）：广布；世宗宪皇帝：指清雍正皇帝；悼：怜爱，《礼记·曲礼》："七年曰悼。"董：监督、管理。

⑩编氓(méng)：编入户籍的平民。

⑪庚寅：指清光绪十六年，即 1890 年；承乏：暂任某职的谦称；鲜（xiǎn）：少；仪型：楷模、典范。

⑫浇漓：浮薄不厚，多指社会风气。

⑬冠盖：冠盖里为古地名，在湖北宜城，见《水经注·沔水》，后用以泛称名臣冠族的故里；迩：近。

⑭遗（wèi）：给予。

⑮光绪十七年：即 1891 年；浴佛日：佛教节日，谓农历四月初八日，为释迦牟尼生日，佛教徒用各种名香浸水洗佛像；吴郡：江苏吴县，今划入苏州市；云若：作者的号。

【简析】

文章阐述了我国志书的发展演变过程、盐源的历史沿革及修志的情况，并寄托了自己的关怀和厚望。论述精辟，条理井然。

欧阳衔

　　欧阳衔，江西安福县人，同治七年（1868）进士，诰授中宪大夫，任吏部主事；光绪十七年出任盐源知县。

相岭谣①

次李太白《庐山谣》原韵②

我本庐山人，生小在壑丘。
时登滕王阁，远眺黄鹤楼③。
京华官辙历久远，足迹罕到名山游。
巫山巫峡峨眉傍，大小相岭西南张。
岭上阴云翳天光④。
诸峰无如此峰长，中有蟾蜍居山梁⑤。
上应明月遥相望，层峦耸翠凌穹苍。
积雪冰雹无夏日，朔风凛冽秋天长。
我来置身青云间，琼楼玉宇如往还。
鸾翔凤翥众仙下⑥，与我遨游蓬莱山。
好为相岭谣，兴因相岭发。
愿借清泉洗我心，仰观玉兔时出没。
琅嬛福地无俗情，几人九转仙丹成⑦。
回首西山望北极，我从暮春辞燕京⑧。
今过神山大相岭，超然意远涵虚清。

【注释】

①相岭：即相公岭，相传三国时蜀汉丞相诸葛亮征西南夷时经此

并驻兵。大相岭位于四川省雅安市南部荥经、汉源两县交界处，延伸至洪雅县境内，长约 110 公里，宽 20～25 公里；山势雄伟险峻，平均海拔 3000 米，最高点轿子山顶海拔 3552 米，为大渡河与青衣江分水岭，又叫邛筰山、泥巴山，《山海经》称"崍山"。大相岭以南为小相岭，位于喜德、冕宁、越西三县交界处，属大雪山支脉，北石棉，南达西昌，绵延数百里，主峰俄尔则俄海拔 4500.4 米，是一处集自然生态、历史景观与科考探险于一体的风景名胜区。

②庐山谣：唐代诗人李白（字太白）有诗《庐山谣寄卢侍御虚舟》。庐山在江西省九江市南，为中国著名避暑胜地。

③滕王阁：唐高祖子元婴为洪州刺史时建，故址在江西省南昌市，后元婴封滕王，故名；黄鹤楼：我国古代著名楼观，始建于三国吴黄武二年（223），故址在今湖北省武汉市蛇山。

④翳：遮蔽。

⑤蟾（chán）蜍（chú）：蛙类两栖动物，俗称癞蛤蟆，此处或指山峦之形。

⑥鸾（luán）：传说凤凰一类的鸟。

⑦琅（láng）嬛：传说中的仙境；九转仙丹成：原为道家语，指炼得九转金丹，后常比喻经过长期不懈的艰苦努力而终于获得成功。

⑧燕（yān）京：指北京。

【简析】

这首诗描写了作者从京城翻山越岭到盐源赴任，途经大、小相岭见到的仙境般的奇幻景象。

重来歌①

次韩文公《石鼓歌》原韵②。

盐源县治我重来，听我试作《重来歌》。
少小吟诵青莲句，蜀道之难云如何③。

咸同之间红巾乱，狼烟净扫平干戈。
拂拭腰间青锋剑，光芒尚韬犹须磨。
戊辰通籍观政事④，吏部文章勤搜罗。
每思高堂白云望，天高地回山嵯峨。
虽然铨曹学行走，销声养粹如岩阿。
踯躅敝车辰入署，皂隶三两声幺呵。
趋直鹤厅论功过，公正持衡无差讹。
翻译满汉封奏本，清书不类蚪与蝌。
四司轮流当月处，五夜漏声听更鼍⑤。
起来挑灯仍独坐，梦回黄粱醒南柯。
藤花厅前花满架，燕穿轻翦莺抛梭。
从来京秩称冷官，退食自公何委蛇。
报称君恩涓埃未，虚度岁月催羲娥。
每思共济艰难日，痛哭流涕双滂沱。
一行作吏盐源令，万里地利同人和。
殷勤讲学柏香院，甲午丁酉连登科⑥。
司马扬雄三苏氏，蜀国自古人才多。
人中骐骥泛驾马，一日千里称明驼。⑦
种桑种棉种虫树，民事惟勤光阴过。
回忆滇疆风鹤警，军书旁午肩磨磋。
会垣谣言忽四起，宦海平地来风波。
匹马短衣探贼垒，山巅崎岖皆偏颇。
调集夷兵与民勇，会营堵御安无佗⑧。
夷酋就擒滇报捷，撤防伊迩无婷婴⑨。
牧群忽然来害马，收拾征鞍毋摩挲。
秋风棘闱两乡试，衡文内帘费吟哦⑩。
撤棘捧檄回本任，相岭依旧观天鹅。
使君还我喜父老，因利利民受福那⑪。
昔时攀辕曾卧辙，今迎竹马回车轲⑫。
时事艰难海氛动，是谁洗兵挽天河⑬。
微臣且筹安边策，报答圣明无蹉跎。

【注释】

①重来歌：作者于光绪十七年任盐源知县至光绪二十年（1894），

欧阳衔

中途因奉调到省城协助主持乡试离任后重返，故称"重来"。

②韩文公：韩愈，唐代杰出的文学家、思想家、哲学家、政治家，谥号"韩文公"，曾作《石鼓歌》一诗。

③青莲：李白，字太白，号青莲居士，唐代伟大的浪漫主义诗人，被誉为"诗仙"，与杜甫并称"李杜"，曾作《蜀道难》诗。

④通籍：指做官。

⑤鼍（tuó）：扬子鳄，鸣声如打更。

⑥连登科：原注"盐邑自陈一岩孝廉后，脱榜已九十年矣。甲午、丁酉余两充内帘同考官，喜见刘君景松、杨君松月接连登科。"

⑦泛驾马：不服从驾驭的马，比喻很有才能不循旧规而敢于创新的人；明驼（tuó）：善走的马。

⑧无佗（tuó）：无他，犹无恙、无害。

⑨依迩：近，不远；媕（ān）婀（ē）：曲意迎合。

⑩衡文：品评文章，特指主持科举考试。

⑪那（nuó）：多，见《诗经·小雅·桑扈》："不戢不难，受福不那。"

⑫攀辕曾卧辙：拉住车辕，躺在车道上，不让车走，旧时用作挽留好官的谀词，见南朝梁沈约《齐故安陆昭王碑文》。

⑬洗兵：洗兵器，杜甫诗《洗兵马》："安得壮士挽天河，尽洗甲兵长不用。"

【简析】

这首诗叙述了作者的仕途经历，以及任职盐源县令的文治武功；表现出在国家动荡、时事艰难的形势下，一个地方官的作为和心态。全诗用韩愈《石鼓歌》原韵，天然圆活，描写细致生动，具有深厚的文字功底。

白盐井开山娘娘赞①

新宫紫殿鸳鸯瓦，指挥忠将井龙王②。
左右分龛同祭灶，永世不忘开山娘③。

【注释】

①据《盐源盐厂志》。白盐井：即今盐井镇；开山娘娘：传说发现盐泉的摩梭牧羊姑娘，邑人感恩，建庙祀之，光绪《盐源县志·仙释》所记之"开山姥姥"即指此。

②指挥忠将：大意是庙里同时供奉的另一尊神像"井龙王"。

③龛（kān）：供奉神像、佛像的小阁子或石室。

【简析】

这首诗描写了白盐井士绅百姓新建华丽的庙宇，恭敬地供奉发现盐泉的"开山娘娘"，表达了对天地、自然的崇敬与感恩之情。

六品衔候选训导岁贡生谢申锡墓志铭①

光绪辛卯冬，余令盐邑。次年春举行岁科两试，文童三百余人。余严密关防，痛革枪替之弊，每出截搭难题，杜绝剿袭之文②。取谢生继安为岁试案首，榜后来见，询其学业师承③。谢生乃云：自幼至壮年皆承庭训，未尝出就外传。余前后在任四年有余，皆取该生柏香书院肄业，刻励攻苦，不染浮靡之习，因道艰于资斧，难遂观光之愿④。见同学生刘景松、杨松年甲午、丁酉科先后登乡榜，遂益加发愤，努力进修于书院堂课。时生呈节略一纸，来为其父作墓碑⑤。谨按⑥。

君名申锡，原名文英，字泽沛，号福堂，原籍贵州遵义府绥阳县。幼随其父迁来蜀之盐源，因家焉。生子三，长应芬早逝，次应芎文庠，三即继安。孙男十三人，曾孙五人。先是道光戊申年，君以府案首入县学，旋回黔省亲，后来盐源居于城，以砚田为业⑦。历任县尹知其公正耐劳，每以学校城垣塞台坛庙及培元亭、黔南馆等要工，挖淘官塘砌石植树，夷务、三费局事悉委任之。洁己奉公，办理悉臻妥善。其时，因事务繁冗，遂弃教读而效端木货殖之风，家道遂称小康⑧。

县尹柳君委以曹优贡永贤创县志，已成稿本，名曰《笮征》。嗣后滇匪寇围县城，曹明经被害，《笮征》本散失，君多方购置而收藏之⑧。今余所修县志，采取者即此本也。当同治六年，滇匪围攻县城，乃危急存亡之秋，而又粮饷匮乏。君请官发仓以济之，兵民赖以果腹，日夜登陴固守⑨。贼暗埋地雷，轰塌城垣。天尚未明，君收括存积银千余两，亲身至东门缺口，以银悬赏，募人抢堵，掀揭街上石板，纷纷填砌。不逾时，银尽而城完矣。贼方麇至，惊见而退。事后保举钦加六品衔。先是城围之时，书院考棚条桌壁板，兵练搬运上城以盖棚，贼退君悉修复之。

孔圣在城西偏，君屡请官迁移胜地，惜难筹巨款未成。君为禀生时，邻邑西昌文童冒考占去学额，禀请学宪定章以西盐两邑合场考试，不别土著学籍，挽回积弊，士林德之。

余综观君之生平，处己洁任事劳，又能毁家纾难，功成不言禄，禄亦弗及，泊如也⑩。乃自英年采芹，壮年食饩，至暮年始贡明经；余维君毅品力学，正人也；仅以明经终，是赍志以殁者⑪。呜呼！为善无不报，而迟速有时，文忠公尝言之矣⑫。

今哲嗣二难竞爽，孙曾林立，诵先人之清芬，绍箕裘之世德；度必扬名显亲以辉煌谢家之宝树，所谓不于其身必于其子孙者，余请为君操左券也⑬。即以此言勒之墓碣。

赐进士出身，诰受中宪大夫，吏部主事，在任升用同知盐源县事，豫章欧阳衔拜撰⑭。

【注释】

①训导：学官名，明清府、州、县学的辅助教职。

②关防：这里防备、防范；枪替：作弊、代考；剽袭：剽窃。

③案首：第一名。

④资斧：指旅费、盘缠。

⑤节略：概要、摘要。

⑥按：按语，说明、提示的文字。

⑦砚田：旧时读书人以文墨维持生计，因此称砚台为砚田。

⑧端木货殖之风：孔子的弟子子贡姓端木，指他遗留下的诚信经商之风气。

⑨曹优贡永贤：指曹永贤，清咸丰五年优贡生，参见前；明经：对贡生的尊称。

⑩陴（pī）：城墙上的城垛。

⑪处己："处己以道，而爱人以礼。处己以道，故其心公；爱人以礼，故其情原。"（语出明代王崇庆）纾（shū）：缓和、解除；功成不言禄：《左传·僖公二十四年》："介之推不言禄，禄亦弗及。"泊如：恬淡无欲貌。

⑫采芹：指入官学，《诗经·鲁颂·泮水》："思乐泮水，薄采其芹。"食饩（xì）：生员经考试取得廪生资格，享受廪膳补贴；赍（jī）志以殁：指怀抱未遂的志愿而去世。

⑬为善无不报：出自北宋政治家、文学家欧阳修（谥号"文忠"）《泷冈阡表》。

⑭哲嗣：敬称他人之子；二难：指弟兄皆佳，难分高低；竞爽：媲美、争胜；箕裘：比喻祖上的事业；度（duó）：揣测、估计；谢家之宝树：比喻能光耀门庭的子侄，见《晋书·谢玄传》；操左券：比喻事成有把握。

⑮豫章：指江西省。

【简析】

　　文首为按语，提示了写作本文的缘由，从中可看出作为一个从京城到盐源任职的地方官，作者意图有所作为、振兴文教的决心。正文叙述了谢申锡先生的人生轨迹，用几个典型事例表现出晚清一个知识分子自强不息的奋斗历程。文章对研究当时的教育、移民、社会状况等亦具一定的史料价值。

包弼臣

包弼臣（1831—1917），名汝谐，字弼臣，晚年号谷叟、笔公，南溪县举人。同治十三年任盐源县训导，后任过邛州学政、资州学政等。晚清著名碑学书法家。他在任盐源训导期间，大力倡导教育，相传四川学政张之洞出巡来此，看到盐源文化面貌一新，称赞道："公到此间，无异东坡之谪儋（dān，指海南儋州）耳。"著有《南上遗吟录》《谷叟诗文稿》《西园记》《读书日记》等。

题《望云思亲图》①

游子吟余秋渐深，郊原西望豁平林②。
白云万里长安远，知否高堂依仗心③。

①此诗是作者 1868 年在北京为同乡四川富顺县萧世本作《望云思亲图》而题的诗。萧世本同治二年（1863）进士，初选翰林院庶吉士，旋授刑部主事，时任直隶知县。
②豁（huò）：开朗、开阔。
③长安：这里指北京。

【简析】
同是天涯沦落人，作者与萧世本数年未见巴山蜀水，只能望云思亲、寄情诗画。全诗意境深远、苍凉壮美。

芦亭晚渡①

一声欸乃惊霞散，双桨扶摇带月辉②。

笑指吾庐烟村外，青山断处露柴扉。

【注释】
①芦亭晚渡：作者家乡"南溪八景"之一，芦指芦苇。
②欸（ǎi）乃：象声词，摇橹声，柳宗元《渔翁》："烟消日出人不见，欸乃一声山水绿。"

【简析】
这首诗描写了长江之滨南溪县芦亭坝晚霞归帆的美景，真是"家在青山绿水间"。

晴　旭①

晴旭上林早，鸟声相与娱。
雪痕在残菊，春夜入寒芜②。
当户犬犹卧，隔村牛可呼。
即兹闲适甚，谁更骇乡闾③？

【注释】
①晴旭（xù）：阳光。
②寒芜（wú）：寒秋的杂草。
③骇：惊骇、惊诧；乡闾：指乡下人口聚居之处。

【简析】
这首诗描写了初春晴天川南乡间一派祥和美丽的田园风光。

姑苏访旧①

君从江上来山里，曾送行人出峡无？
料得吴江秋酿熟②，酒船相伴到姑苏。

【注释】

①姑苏访旧：姑苏，指苏州；访旧，探望老朋友。

②吴江：苏州南端的吴江县；秋酿（niàng）：秋收后酿的酒。

【简析】

作者顺江而下，出三峡到江苏访友时写下了这首诗。前两句是自问，后两句是想象，俏皮有趣。

辛巳初冬月在釜山香馆作①

凉月一片白，小园初夜寒。

桂枝坠秋影，残菊隔疏栏。

此地客心迥，二更虫语阑②。

严冬好珍重，为报楚云端。

【注释】

①辛巳：指清光绪七年（1881）。

②迥（jǒng）：差别很大；阑：残、将尽。

【简析】

寒夜客居他乡，夜不能寐，披衣来到小园，但见桂影残菊，时闻虫吟断续，顿时引发思乡之情。诗境凄清，情景交融，真切感人。

感事二首①

一

春冻辽阳雪不花，羽书西鹜近京华。②

危城可守无张令，降表能修是李家。③
天网逃余宁蹈海，《国殇》歌罢欲《怀沙》④。
问谁邦彦谁邦赋，可否天恩一例加？⑤

二

古来中外几和亲⑥，漫谓豺狼性可驯。
尽有兵权归寇准，何堪使节付王伦。⑦
鼓钟淮水声多死，飞箭天山迹已陈。⑧
翘望诸刘出南岳，榆关壁垒特翻新。⑨

【注释】

①此诗作于 1895 年 4 月，作者目睹腐败的清廷与日本签订了丧权辱国的《马关条约》，悲愤难抑，感而赋此。

②辽阳：在辽东半岛，按照《马关条约》割让给日本；雪不花：这里指没有雪花；羽书：古代插有羽毛的紧急军事文书；骛（wù）：疾驰。

③张令：明末永宁人，四川副总兵、"神弩将"，蜀中当时仅次于四川总兵秦良玉的名将，战功卓著，威震川陕；李家：指签订《马关条约》的中方代表李鸿章、李经方父子。

④蹈海：投海自杀，战国时齐人鲁仲连不满秦王称帝企图，曾说秦如称帝，则蹈东海而死，后以之表示宁死而不受强敌屈辱的气节；《国殇（shāng）》《怀沙》：均为中国古代的爱国诗人屈原所作诗篇。

⑤邦彦：指国家的优秀人才；邦赋：指掌握国家财政的官吏，《周礼·天官·职内》："掌邦之赋入。"天恩：指皇恩。

⑥和亲：古时封建君主为了免于战争与边疆异族统治者通婚和好。

⑦寇准（961—1023）：字平仲，北宋政治家，官至宰相，为人耿直，多次直谏，外敌来犯时反对妥协，力主征战；王伦（1081—1144）：字正道，南宋使臣，曾多次出使金国，割地议和，后被金国勒死。

⑧鼓钟淮水：《鼓钟》是《诗经·小雅》中的一篇，写作者在淮水边听到演奏周朝之乐，引起他思念贤人君子之情；飞箭天山：南宋

著名爱国词人张孝祥《木兰花》中的句子。

⑨诸刘：指东汉开国皇帝刘秀等刘氏族人，语出《后汉书·卷十二·列传第二》："南岳诸刘，为其先锋。"榆（yú）关壁垒：泛指北方边塞。

【简析】

第一首痛斥割地求和、丧权辱国的腐败政治并抒发自己一介书生的爱国赤诚；第二首直接指出外国列强欲壑难填，必须坚决抵抗，并期望改天换地早日到来。表现手法夹叙夹议，直抒胸臆，文笔犀利，痛快淋漓。

碑版歌①

碑版碑版，入世何晚？
邓包已亡，必遭白眼②。
白眼可遭，精不可销。
反魂石中，万劫骑鳌③。
鳌足竟折，四极之陷。
尔何为者？应独游乎汗漫，
而不能忘当年笔公之一盼④！

【注释】

①碑版：指拓印的碑帖，书法中北碑一派。

②邓包：邓指邓石如（1743—1805），清代安徽怀宁县人，包指包世臣（1775—1855），清代安徽安吴（今安徽泾县）人，两位均为碑学大家。

③万劫：佛经称世界从生成到毁灭的过程叫一劫，万劫犹万世，形容时间极长；鳌（áo）：传说中巨大的海龟，骑鳌意指独占鳌头。

④汗漫：广大，漫无边际；笔公：作者晚年号笔公。

书法史上历来有"碑学""帖学"之争。传统书法以二王（王羲之、王献之）、米芾、赵孟頫、董其昌等帖学书家为代表。清朝中叶以后，碑学渐兴，但受保守派的排斥。包弼臣在邓石如、包世臣等的影响下，积极学习北碑，独创"包体"，名震一时。但在"馆阁体"一统天下的社会环境中，他被一些守旧者斥为"字妖"。这首诗表达了作者对守旧者的愤慨，确信开拓碑学必将永垂不朽的革新精神。

诚　子①

金仓两字合为鎗②，能吸黄金百万仓。
斗子虽小心实大，竹儿纵短日偏长。
准头不向他人发③，动手都将自己伤。
床上有时迷弗醒，俨然着炮死沙场④。

【注释】

①诚子：作者长子包崇祐（yòu），字铁盂，光绪丙子（1876）乡试举人，曾任安岳县、成都县训导，1900年升用法部主事，因吸食鸦片，身体瘦弱。崇祐将赴京辞行时，其父作此诗劝其戒烟。后包崇祐五十岁死于任上。

②鎗：即枪，指烟枪，下文"斗子""竹儿"均为烟枪的组成部分。

③准头：靶子、目标。

④俨（yǎn）然：形容特别像。

【简析】

鸦片之害，祸国殃民，一些士大夫也醉心于此。此诗形象地描写了吸食鸦片的状态和危害，流露出父亲的谆谆教诲之情。

包弼臣

对 联

挽 妻①

数年间，累尽艰难，生龙儿麟儿凤儿，不教乳母分劳，大半消磨皆为我②；

九泉下，聊相慰藉，见大嫂二嫂三嫂，须说老亲无恙，诸姑渐次长成人③。

挽黄湘④

二十年前登第，曾传射策声名，壮志快奚如，倘假手为之，当不仅三馆文章，一麾江海⑤。

三千里外逢君，正是落花时节，有愁消不尽，竟掉头去矣，何忍说座中云散，曙后星孤⑥。

【注释】

①挽妻：1861 年，作者妻子赵氏因操劳过度，一病不起而去世，留下年幼的两儿一女，时包弼臣三十岁。

②乳母：保姆、乳娘。

③老亲：这里指年老的父母，唐岑（cén）参（sēn）《送杨瑗尉南海》："不择南州尉，高堂有老亲。"诸姑：父之众姊妹，《诗经·邶风·泉水》："问我诸姑，遂及伯姊。"毛传："父之姊妹称姑。"

④黄湘：四川珙（gǒng）县人，清同治七年（1868）进士，任翰林院编修，与包弼臣同庚，又是至交，于1880 年因病在北京去世。

⑤射策：泛指应试；奚如：如何、怎样；假手：指请人代笔；三馆：汉武帝时，丞相公孙弘开钦贤、翘材、接士三馆，收罗人才，唐、宋均有类似机构；一麾（huī）：一面旌旗，旧时官员出为外任的代称，杜牧《将赴吴兴登乐游原一绝》："欲把一麾江海去，乐游原

上望昭陵。"

⑥曙后星孤：唐代状元崔曙《奉试明堂火珠》："夜来双月满，曙后一星孤"，后其病故，只剩下一女儿名星星，人皆以为应了"曙后一星孤"之句。

【简析】

中年丧妻，悲痛万分。作者饱含深情地表达了对生命短暂而辛苦一生的妻子无尽的思念。

第二联寄托了对英年早逝的好友无限的哀思和惋惜。

刘景松

刘景松,字鹤樵,原籍江右（今江西省）人,祖镇裕迁居西昌。年十七入盐源学,清光绪二十年（1894）中甲午恩科举人（光绪《盐源县志》）。曾先后主讲西昌亮善、泸峰、研经等书院。善诗文,工书法,惜所作多散佚。

蒙段祠古柏歌①

苍龙天矫挐云起②，欲上朝帝帝曰止。
留与山灵作壮观，雨鬣风鳞半青紫③。
霜皮驴迹印模糊，神女当年似有无。④
蒙耶段耶谁辨此，惟觉云气时蟠纡⑤。
泸峰矗矗荫嫌狭，邛海汤汤饮愁枯。⑥
闭关下键防飞去⑦，夜半雷电撼灵株。
我昔曾经梓潼邑⑧，晋时柏在惟枯立。
又尝瞻拜武乡祠⑨，柯铜根石觅不得⑩。
惟兹神物久弥彰，沧桑历历记应详。
唐宋战争腥孰涤⑪，圣朝修养泽流长。
柏乎！柏乎！
大厦防倾须栋梁，万牛将尔贡玉堂⑫！

【注释】

①蒙段祠古柏：蒙段祠在西昌泸山光福寺内，"唐宋时蒙氏段氏割据此州，后人立祠以祀之也"（《西昌县志》）。祠前有古柏一株，"虬枝盘错，苍叶疏落，树围8.5米，经鉴定为汉代所植"（《凉山州地名词典》），树龄两千年左右。

②挐：同"拿"。

③雨鬣（liè）风鳞：风雨中的鱼蛇鳞片，形容古柏苍老的树皮。鬣：蛇鳞。

④"霜皮"二句：传说古柏树干下部有段氏女赶驴飞升的蹄迹。《西昌县志》："泸山光福寺有蒙段祠。昔段氏女事母行孝，好善守贞。常赶驴驮米送寺斋僧诵经。一日忽大雪，送米至古柏树下，将解驮，而驴已向空去矣。其女望之，亦飘然而去，只留下仙骨不朽。其树上驴迹、石上足迹至今犹存。"

⑤蟠（pán）纡：曲折萦绕。

⑥嫌狭：狭近之处；汤（shāng）汤：水流貌。

⑦闭关下键：关紧门，按下锁。关：门闩；键：锁钥。

⑧梓潼邑：梓潼县，在绵阳市东北。

⑨武乡祠：夔州(今重庆市奉节县)有武乡祠，祀武乡侯诸葛亮，祠前有古柏树。

⑩柯铜根石：树枝如铜，树根如石。杜甫《古柏行》："孔明庙前有老柏，柯如青铜根如石。"

⑪唐宋战争腥犹涤：此句谓古柏犹余存一次次战争的血腥味。

⑫玉堂：宫殿，此指皇宫。

【简析】

光福寺汉柏为泸山奇观，闻名遐迩。作者一开篇以"苍龙"喻之，想象神奇。结合民间传说，更显神秘，接着将其与梓潼晋柏和武乡祠古柏比较，更见其历史悠久。

全诗赞美古柏灵异奇特，生命力极强。表现手法丰富，章法井然。

刘景松

杨松年

杨松年（？—1925），原名松月，字如椿，号劲秋、镜秋、钟松，盐边县水兴乡拉鹿河（今温泉乡）人。光绪丁酉举人，曾先后任长宁县、盐源县、盐边县教谕、校长、教习、视学等职。以劳绩保举五品衔，候补知县。编著有《盐边厅乡土志》一卷。

《盐边厅乡土志》叙①

盐边厅境旧隶盐源，统名山后，为蛮夷巢窟，各酋长分境而治，虽俨然有土地、人民、政事，而记载阙如②。

清雍正六年设盐源县，山后距（县）城三百余里，阻以重岗，自为风气，仍等诸羁縻而已③。自时厥后，渐有川南北汉族流寓，继而各省接踵，若滇，若黔，若楚，若吴，若鲁、燕、赵，几乎无省不具。以其地旷人稀，谋生较易，故虽时时受土蛮抢劫肆毒，弗忍舍而之他。

嘉庆二十一年，设巡检、千总各一员，驻阿所拉④。权轻不足以资治理，势豪猾胥且因缘以为奸利，滋为民害，县官鞭长莫及，自岩口以下，水深火热、不见天日殆数十百年⑤。

宣统元年，以盐源县令容谦甫君之请，升为厅治，民困稍苏⑥。然以劫余之民，当新造之厅，百端待举，礼乐未遑；顷奉政府令，索乡土志甚急⑦。文献既无征，调查又不暇，且以松年之谫陋，奚足从言记载⑧！惟迫于政府令限之严，厅长属望之殷，姑就闻见所及，并采盐源旧志，草草塞责。若夫改良正谬，踵事增华，尚待后之君子⑨。

民国元年壬子十一月厅人杨松年弁言⑩。

【注释】

①这是作者编纂《盐边厅乡土志》时写的一篇序言。

②山后：指柏林山以南。

③羁縻：比喻笼络控制。

④阿所拉：今盐边县惠民镇。

⑤猾胥：刁滑的小吏。

⑥宣统元年：即 1909 年；厅：清代在府下设厅，与州、县同为基层行政机构，其长官为同知或通判；苏：拯救、解救。

⑦遑：空闲、闲暇。

⑧谫（jiǎn）陋：浅陋；奚：哪里，表示疑问。

⑨踵（zhǒng）事增华：继续前人的事业，并使更加完善美好。

⑩民国元年壬子：即 1912 年；弁言：前言、序文。

【简析】

文章叙述了盐边的历史沿革及编著《盐边厅乡土志》的情形。虽然时间仓促，资料缺乏，作者仍力所能及地完成了盐边历史上第一部志书，是很有史料价值的。

对　联

题西区初等小学堂联①

大道为公②，立人斯立；
小子有造，精益求精。

悼亡室③

一面缘悭，母子同抱千秋恨；
三生石在，夫妻另结再世欢。④

挽黄子庸⑤

十余年雪窗萤火遂了一生，请缨定有终军志；

九万里云路鹏程去以六月，毅魄长乘宗悫风。⑥

题蔡显堂弟兄三人合葬墓

一

果能世世为兄弟，何止三生有幸；
但愿朝朝相聚处，漫云一死无知。

二

羡张公九世共居，恨未同穴；
笑田横五百合葬，不是一家。⑦

【注释】

①西区初等小学堂：作者民国初年在盐边县筹资改建永兴黑神庙，创办西区初等小学堂，并首任校长。

②大道为公：《礼记·礼运》："大道之行也，天下为公。"

③亡室：去世的妻子。

④一面缘悭（qiān）：指无缘相见；三生石：三生缘于佛教的因果轮回学说，后成为中国历史上意涵情定终身的象征，三生石位于杭州天竺寺。

⑤黄子庸：盐边县庠生，作者的好友，其去世时留下遗嘱，须待松年自成都回来后始行葬礼。

⑥终军：西汉济南人，著名政治家、外交家；宗悫（què）：南朝宋名将，官至安西将军、雍州刺史。

⑦张公：《新唐书·孝友传序》"张公艺九世同居"；田横：秦末，原齐贵族田横起事，自立为齐王，汉朝建立，横率部属五百人逃亡海岛，高祖召之，横不愿臣服，于途中自杀，其部属闻之，悉于岛上自杀，见《史记·田儋列传》。

【简析】

所作对联非常切题，感情真挚、意蕴深厚、文字精练。

颜汝玉

颜汝玉（1846—1919），原名汝愚，字琢庵，西昌人，入盐源学，清光绪十一年拔贡生（光绪《盐源县志》），选入尊经书院肄业，荐试礼部未中，回乡主讲西昌泸峰书院。有《趋庭蠡（lí）测》一卷、《虫吟诗草》西卷等。

游螺髻诸峰，时白云遮满①

好酒如名士，乐与诗人宴②。
好山如处女，羞与外人见。
茂林帷幄张③，隐隐螺髻现。
我来访仙踪，痴云竟遮遍④。
蜡屐心徒雄⑤，攀萝力已倦。
岂是桃花源，问津空眷恋。⑥
安得携巨灵，手握吴猛扇。⑦
为我挥痴云，一会青山面。

【注释】

①螺髻诸峰：螺髻山位于西昌市城南 30 公里处，跨西昌市、普格县、德昌县，总面积 2400 平方公里，主峰海拔 4359 米，是凉山州 4A 级国家级风景区螺髻山—泸山—邛海风景区的组成部分，2002 年 5 月经国务院批准列入第四批"国家风景名胜区"名单。

②宴：宴会。

③帷（wéi）幄（wò）：军中幕帐，泛指帷幕，这里用来形容雾气。

④痴云：停滞不动之云。

⑤蜡屐：屐指木鞋，蜡屐原指在木屐上涂蜡，此处是指做好登

山前的准备，《宋书·谢灵运传》说谢灵运好游山水，特制了一种登山屐，后世效之，称为谢公屐。

⑥"岂是"二句：化用《桃花源记》中文意，表示自己虽来问津，亦不复得路，心中空存眷恋。

⑦巨灵：传说中的黄河之神，力大，见《搜神记》；吴猛扇：吴猛为东晋时豫章（今江西省南昌市）人，有孝行，邑人丁义授以神方，得白羽扇，尝渡江遇大风，以扇画水得渡，见《晋书·吴猛传》。

【简析】

作者满怀憧憬登山寻幽，却因云遮雾绕难见真容；惆怅之余，突发奇想，希望神灵羽扇驱散痴云，与这座如处女羞见外人的青山见上一面。多情浪漫，想象奇特。

梦回忆内①

吟魂不惮关山远，一夜翩然返敝庐。②
窗下诉深千里憾，钟声惊醒五更初。
凭肩握手疑真境，孤馆长灯怅独居。
此夕知卿同梦否？临风相问欲遗书。③

【注释】

①梦回忆内：内指妻子。此诗为作者二十九岁在成都所作，梦醒后思念妻子。

②惮（dàn）：怕、畏惧；敝庐：破旧的房子，常用作谦辞。

③卿：丈夫称妻子曰卿；遗（wèi）书：即寄信，遗指送交、交付。

【简析】

年轻诗人远离家乡，孤馆寒窗，时时思念家乡、亲人。他在梦中归家，与妻子并肩握手，深情诉说着相思之苦情。情真意切，感人至深，完全没有一般封建士子的酸腐道学气。

除夕前二日至自都门，次日大雪偶成[①]

今我来思日月违，骊歌曾唱柳依依。[②]
佐人扶榇回邛海，无赋凌云显帝畿。[③]
雪送残年闻竹折[④]，天容游子先春归。
为侬洗尽风尘色，特遣穿林作絮飞[⑤]。

【注释】

①至自都门：从京中回至家门。此诗为作者三十九岁赴京会试失意，离京回乡时所作。

②"今我来思"二句：《诗·小雅·采薇》："昔我往矣，杨柳依依。今我来思，雨雪霏霏。"写自己此行归来情景。思：语助词；违：离去，日月违指时日过去很久；骊（lí）歌：告别之歌。

③佐人扶榇（chèn）：帮助别人护持灵柩，榇指棺；赋凌云：形容文学作品笔力矫健，上干云霄；京畿（jī）：京都及其附近之地。

④竹折：指大雪压断竹枝。

⑤侬（nóng）：我。

【简析】

作者远行归来，虽然科场失意，但能在年终与家人团聚，且完成了"佐人扶榇回邛海"之义举，实为幸事。恰遇天降大雪，为游子洗尘慰劳，故引发诗情。

吊杨升庵夫子[①]

永昌市上肆狂吟，偶借村醪耗壮心。[②]

簪组门庭人话旧③，文章科第两超今。
批鳞一怒投荒徼④，倦语空思返故林。
客里著书倾腹笥⑤，高山流水鲜知音。

【注释】

①杨升庵夫子：明代杨慎字用修，号升庵，新都（今属成都市）人，正德六年（1511）中进士第一名（状元），授翰林院修撰。嘉靖朝中所谓"大礼议"之争，被流放云南永昌（今保山市），永远充军。其后三十年流放生涯，唯以读书著述自娱，其记诵之博，著作之丰，为明代第一。他是一代大学者、大文学家和著名书法家；所作诗、文、散曲俱佳，犹以诗和散曲最受称道。

②永昌：明之永昌府，今为云南省保山市，杨慎被流放处；醪：浊酒。

③簪组门庭：指显宦门第。杨慎之父杨廷和为一代名相，叔父廷仪曾任兵部侍郎，杨氏门中做过官的还有很多人。

④批鳞：触鳞，即所谓批（触）逆鳞，传说龙的喉下边有逆鳞径尺，人若触之，必怒而杀人，世遂喻称触怒帝王为批逆鳞。

⑤腹笥：以腹为笥（书箱），意谓藏书于腹内。

【简析】

一代文宗杨升庵，因触怒龙颜而遭流放边疆，终身不得赦免，时年才三十七岁，可谓是人生中的一次毁灭性打击。作者诗中对他表达了无限的景仰和惋惜，并公正地指出，杨慎在流放的艰苦环境下，仅凭记忆和素养撰写了大量珍贵的诗文，即使有一些失误之处也无伤大雅，不应受到后来学者的讥评。夹叙夹议，持论公允，不失为升庵夫子的异代知己。

吊父执故司马曹逊斋诗①

秋之愁云聚西昌，秋风怒号秋鸟啼。
雨多无乃天泣血②，冤奇定笃人御凄。

忽传噩耗来定笮，当代豺狼肆杀虐。
黄祖难容尔平正，忍使诗人死霜锷。③
诗人惟尔裔属魏④，逊斋其号永贤讳。
英雄埋没在穷边，使人长吐不平气。

【注释】

①这是一首悼念曹永贤的长篇叙事诗的开篇几句，据说全诗共有一百二十韵，可惜至今未找到。父执：父亲的朋友；曹逊斋：即曹永贤，参见前。

②无乃：莫非。

③黄祖：树神名，传能兴云雨，祈之必验，见晋干宝《搜神记》；霜锷：白亮锋利的刀。

④裔属魏：指曹永贤是魏武帝曹操之后。

【简析】

虽然只是一首残篇，我们也能从这寥寥数语中读到作者对一代才子曹永贤英年遇害的万分悲痛和满腔愤懑。

颜汝玉

戴 融

戴融（1890—1925），又名良弼，字仲辅，盐源县卫城人，民国时曾任县政府秘书、书记官及行军参谋、团防局长。

民国十二、十三年两盐人民之惨祸序①

　　两盐，地极边陲，川局混乱，消息阻绝。地方桀黠之徒，辄假外军名义，招纳亡命，勾结匪徒，杀人越货，恣意劫掠②。有机则扬旗击鼓，袭取城池。两盐居民，身受荼毒，流离转徙，民犹倒悬者三年于兹矣。村舍荒凉，市廛凋敝，耗尽元气，仅存遗孑。兹乱戎首，悔祸无心，变本加厉，血剧层演，毒焰所及，路断人稀，杀人盈野，惨祸为空前绝后所未有。凡有血性，莫不伤心，哀我边庶，生此人道高张澎湃时代；炎黄子孙，匪为不能与其他民族幸福同享，沦胥边陲，生命不保，披发左衽，迫近眉睫③。昔人穷极呼天，痛极则呼父母。沉沦至斯，势不能不泣血椎心，仰天呼吁，以冀同胞之援救者。

　　溯自川南自归川边占有以来，争城夺地，靡时或宁。有盐边匪首雷云飞，于民国十二年三月伪称奉三军命令，遥应腹地扰乱，边军后方勾结。该匪夺据城池，拘囚长官，抢劫枪弹，出其不意，突袭盐源城井各区，沦为匪域。幸赖周公印光，前任县事，极意筹划，战守兼施，联合地方团练，将该匪驱回旧地，化险为夷，转危为安。然居民之被其掳掠，财产被其捆载者，已挨户悉索不堪其扰矣。此雷匪借名义直接祸盐之第一次也。

　　无如匪势虽挫，毒焰未已，自遁回盐边，盘踞棉花地、阿所拉一带，负隅为恶。无论贫富远近，暴敛横征，细巨不捐，刮充军费。稍不遂意，吊磕烧杀。更串通滇匪，抢劫行商骡马，变换枪弹。以致盐边四境，行旅梗阻，交通断绝。本年冬初侦知周印光卸任，傅允继署，暗促瓜别夷酋所属马六斤、胡安富等，倒戈叛主，突率夷众，逆杀土司，焚烧土寨，盘踞抢劫人民。傅知事应付因循，养痈成患。群夷响应，四面滋扰。县北数百里，如篾丝罗、三家村、山门口一带，人烟牲畜，烧掳殆尽。傅县剿抚失职，旋被撤换。肖县永镇去夏临境，时夷焰披猖，势可燎原，虽汉民竟趋觉悟，严事预防，汉团结合，以属紧急。惟以县属辖地，半为土司世守，而瓜别、古柏树，左、右、中三所各区，胥沦为匪患范围。劫杀警告，一日数惊，民困奔命救护日不暇给。乃肖县尸位数月，毫无成见。初以投诚羁縻，后以姑纵市恩。殊知悍匪叛服无定，加以雷匪扑煽肆毒愈厉，烧杀捆掳、逼近城池。嗣肖县以纵匪殃民，人心离散。雷匪乘机暗派匪目，潜往西昌，联合三军伪总司令冕宁县人廖坤，以四师伪支队部名义，授意游民周步云等，于去年冬月十三日，在盐源城外埋伏匪兵，拂晓暴变。击署夺印，劫掳政学机关。揭破监卡，释放重要罪犯。各率匪党，四乡抢劫，环城数十里，米粮存蓄，为之一空。贻害至今，较前尤烈者。此雷匪假借名义祸盐之第二次也。

比时两盐秩序，城镇乡村，一片混乱。幸值前任周公印光来办两盐禁烟罚款，遗爱在民，当由各界公推，暂掌县篆，保持安宁，一面分请川边各上峰，正式委任。兼以军事纷扰，善后艰难，蒙当道体查舆情，委充两盐安抚司令官，兼盐源知事，以一军事政权。大乱初平，疮痕未定，周公奉命安抚，遐迩归心。其在盐边与雷匪对抗各军队，悉由边军游击队长领率来盐，与盐源军团，按序编组，规模一新，协力互助，共同制夷。方冀砥柱有人，河清可期，讵料雷匪豺狼成性，广招游痞，率盐边大小章夷，及滇边各支叛夷，先将知事余秉衡威迫去滇。跟踪匪众，分击喇撒田、六油庆、拉鹿河等繁华市镇。掳掠奸淫，继以焚杀。自冬及春，各地著名殷实小康，化为饿殍。贫瘠小户，胁充死勇。偶有逃亡，相率投滇，以保余命。数月之间，匪队所至，尽成劫灰。匪患纵横，汉民绝迹，献忠复生，不过于此④。盐边人畜俱尽，复觊觎盐源，招示悔祸，来结投诚。于十三年正月，将廖坤伪总司令接来盐边，至二月中旬，复假四师名义，率领大小章夷，二千余众，趁周公剿匪未束，突来袭取，深入腹地，所过乡镇，烧掳兼施。县西黄草坝、冷水河、岔丘河、树子凹、虾扒沟、八家村、磨子沟、兴隆坝、沙坝子、沙坝窝、乾海子、合哨堡，膏腴数百里，生命财产胥被焚劫。周公远道闻警，亲率游、蒋各部，冒雪赴战，仓促遇敌。以数百之众，当十倍之匪，振臂一呼，疲羸皆起奋进，血搏三日，雷匪负伤窜匿夷村。所属匪徒汉奸，崩溃四散，遍地焚劫。而沙大湾一带人民，无一幸免。此雷匪假借名义直接祸盐之第三次也。

事前闻警，曾由县署星夜分请驻宁各军，调兵声援，并由绅民飞恳垂救。设蒙顾念边民，遣派部队，兼程赴战，大张打伐，乘其新挫，不难根本扑灭。惜迟迟兼旬，援军无望，子弹罄尽，声威顿减。雷匪窥破内容，余焰弥张，极欲以残酷盐边之毒计施之盐源。又伪以三军十一师名义促大小章夷酋，以伪司令职衔分授米、胡、马、岳各支夷众，任其烧杀捆搂，自由施为。而匪性残酷，罔识人道，亦以利用该匪名义，可以逞其毒焰。于是环山响应，倾穴来攻。我军血战之，喘息未定，苦难分头抵御。漫山遍野，大肆烧杀。旬日之间，若黄泥岗、蔡家沟、杨柳沟、牛皮凹、毛家坝、小堡子、正西堡、香村堡、白沙河、白洁河、滑泥堡、三家村、云南村、皈家堡、罗家村、大水井、元宝山、棠梨湾、南边河、盐井河、董家堡、大水塘、干河沟、凹底村、清水河、十大股、挖耳嘴、龙口河、马厂坝、龙潭河、大堰沟、漫坡子、江西湾、三根桥等方圆数百里居民房宅，多被烧毁。米粮牲畜，多被抢搂。丁壮被掳，老弱被杀，轮奸少妇闺女，残杀幼稚儿童，血焰弥天，腥闻数里，悲号满道。周公被围梅雨，环围数重。难民协附，匪势益张。盐井为县属精华，人烟稠密，货物荟萃之区。因团军分调赴战，防守空虚，于三月六日，被匪分道进攻，连日焚劫，居民不及逃避，均陷匪掳。老幼妇孺，多被屠戮，尸积成堆，血流满街，杀戮之惨，不忍具述。虽经周公突围赴井，前队游军，人不满百，冒弹勇往，死力悍御，前杀后掩，匪势稍却。仍据山负险，出没抢劫，而被难余民，赤足裸体，呼吁无路，匍匐在道，哭声震天，见者伤心，闻者泪垂。县境素称瘠地，连年匪患，去秋距城稍远之地方已无收获。此次雷匪来攻，正值春耕在即，又被残踏净尽。人民生死莫卜，牲畜濒临绝种。现暮春将尽，播种无人，瞻念前途，不死于匪，定死于荒。目下全县所持，仅一孤城，四方居民，麇集于内，一旦粮尽食绝，保不揭竿而起。此雷匪假借名义祸盐之第四次也。

频罹兵燹，连年烧杀，两盐汉民，几至绝迹⑤。田宅庐舍，尽成劫灰。即此次突袭盐源，激战经月，蹂躏乡村六七十处，焚烧房宅三千八百余家，烧劫粮食百万石左右。搂杀平民万余，掳抢牲畜万余。盐业为全县人民生活攸关，竟致停煎屡月。学校为地方文化所寄，几及全体停课。匪酋互用，后患方殷，生灵涂炭，至于此极。

彼雷匪一狡黠暴徒耳，屡假名义，是否属实，道远音稀，颇难意断。窃思川局定负有军事责任，罔不以收拾残局，保卫生灵相号召；即对于边远地方，鞭长莫及。必需广树声威，招徕雄杰，以为指臂之助者，必择稍具人性、粗识人道之辈，以资托寄。断不容狡黠狐鼠，凭城附社，以惩其杀人流血之毒焰。亦不容勾结无赖刁民，以残杀同胞，为军事上之目的。试问彼三军四师与十一师军旅长官，于历年军事战略作战计划中，曾否利用剿抚并济，解除民族隔阂；为解决防区之利弊，果秉此计划以图扰乱边军后方，则吾盐数万无辜，横受惨劫，一息仅存。誓以人道正义公诸全球，以求正义之裁判。否则彼雷匪者，绝灭人性，豺虎不食，凡为人类，得而诛之。

必恳三军各师长官，严肃军律，声明解除该匪职衔，通缉究办，一洗我数万生灵抛头掷颅之冤苦。俾后之恶魔暴徒，不能再假名义，残杀同类，以挽回三军荣誉，庶两盐遗孑，或可尽免披发左衽之危。再有恳者，大兵之后，必有凶年，粮食既被焚掠，财产悉充战饷，春种越期，秋收无望，积谷仓莠，早无余粒。公私存储，概被抢劫，哀鸿嗷嗷，妇孺待哺，仁粟义浆，急盼垂救。

【注释】

①两盐：指盐源县、盐边县。

②桀（jié）黠（xiá）：凶悍狡黠。

③披发左衽（rèn）：披头散发，衣襟左开。左衽：衣襟向左掩，借指异族入侵，见《论语·宪问》。

④献忠：指张献忠，明末农民起义首领。

⑤燹（xiǎn）兵火、战火。

【简析】

作为亲历者，作者详尽描述了 20 世纪 20 年代初，由于军阀混战、土匪横行，两盐人民屡遭烧杀抢掠，身陷水深火热的悲惨境遇。资料翔实，叙述清晰，语言简练生动。

戴融

傅 奎

傅奎，又名傅信古，盐源县卫城东关人，民国时曾任乡村小学教师。

民国十八年宣言书①

蒋团来盐戍防，即定计平雷之后，自恃功高，百恶俱备，大肆宣淫，以致恶贯满盈，遂被羊、邓所诛②。殊伊子漏网，竟勾胡、孟两军来盐③。而盐源经此大军，实空前绝后之罕见也。

欧县情迫，伪作欢迎，以安军心④。殊入盐城，势永屯军不动，每日饬令盐绅，勒派军米五十余石，马草马料，则任其索取。民间时值大春收获之际，日则纵马田中践踏，夜入民房勒派柴草；肆意强奸，少壮躲藏，老弱被杀。每日四乡抄搂，家具什物，一扫而空。盐民久经匪乱，无不一志合作，势必严团吃紧。殊伊军更与匪酋串通，每于抢劫之际，先以军队扎断路口，任匪恣意劫掠。由此匪军相互利用，倘一登临，必致攀垣破壁。当其入户，无不破箱毁柜，刮尽锱珠而不厌，敲骨吸髓尚不甘。数十里鸡鸣犬吠不闻，惟有悲苦之声嚎于四野。虽道子复生，难绘惨图，子建在世，难述其情⑤。即铁人见者伤心，铜汉闻之酸鼻。甚至砍尽数十里之树木为薪，捕尽四乡之犬羊为食。由是天怒人怨，瘟疫大作，彼军死亡枕藉。

幸龙军压境，扫尽妖氛⑥。悲我两盐人民，迭遭匪患。捆人，烧房，搂我银钱，赶我牲畜，抄我家产，抢我粮食。可耻奸绅，尤洋洋而得意。见匪即呼叔伯，谒军官卑躬屈膝。只图金钱到手，哪管弱民死活。不以宋、莫之可鉴，惟恐来者之不可追⑦。悲我民族，痛苦何堪，为奴为仆，无可奈何。难效苏武之复归，永作异族之牛马⑧。匪酋高车驷马，若主若翁，任意行施专制。人民卑居屈节，似役似婢，承顺尤嫌不恭。美女少妇，仍其轮奸，稍不遂意，即被惨杀。嗟我黎民，生杀予夺，惟匪所欲。历来军政两官，无不利用匪人敛财，而假诸矛盾于人民。以巨贿拿于上司，卖官鬻爵，引以为荣。故官绅敬匪若父母，而人民畏匪如蛇蝎。

嗟呼！庶民非畏匪也，畏其官绅之黑暗也。官绅非敬匪也，实敬其财宝之速来耳。孟子云："为民父母，率兽而食人。"⑨言不诬也。

盐民频遭匪祸，复罹兵燹，豪绅掠夺，人祸天灾，时至今日，难于苟延残喘。愿我有识之士，应全民同心，群情奋起，攘除奸凶，兴复盐源，决不能祈谁施惠，尚望自图奋发也。

【注释】

①宣言书：发表言论、表达意思的文章。

②蒋团：指川军第十六混成旅第一团团长蒋如珍；雷：指雷云飞，参见前《民国十二、十三年两盐人民之惨祸序》；羊：指羊仁安，时任国民党第二十四军旅长兼宁属清乡司令；邓：指邓秀廷，时任羊仁安部第二团团长兼宁属彝务指挥。

③殊：即殊不知，竟不知道；伊子：指蒋如珍之子蒋伦；胡、孟：指滇军胡若愚、孟坤两部。

④欧县：指时任盐源县县长欧秉乾。

⑤道子：吴道子，唐代著名画家；子建：曹植字子建，曹操第三子，三国时期著名文学家。

⑥龙军：指云南龙云军队。

⑦宋、莫：指盐源乡绅宋□□、莫类凡。

⑧苏武：西汉人，武帝时以中郎将出使匈奴，被单于扣留牧羊十九年，始终持节不屈。

⑨为民父母，率兽而食人：《孟子·梁惠王上》："为民父母，行政，不免于率兽而食人，恶在其为民父母也？"大意是身为百姓的父母官，施行政事，却不免于率兽而食人，这又怎能算是百姓的父母呢？

【简析】

本篇可作为前《民国十二、十三年两盐人民之惨祸序》的续篇。两盐人民好不容易盼来军队扫清土匪，谁知兵连祸结，人民复陷于水火之中，悲惨万状，难以言表。文章叙事、议论、抒情有机融合，极富感染力。

戴自朴

戴自朴（1894—1948），名良材，字自朴，笔名云庐，盐源县卫城人，北京大学法学系毕业。1920 年参加京师法院书记官考试及第二届全国文官考试名列前茅，分配到司法部学习期满，提充主事。1924 年请假回四川，先后担任盐源县视学、教育局长，1929 年因避祸乱，与同乡苟小凡以卖字画为生，辞职赴西南各省及香港，并出国至新加坡、缅甸、泰国等地考察、游历。1933 年回籍，复任县教育局长，第三科（教育与建设）科长，1942 年创办盐源县中学，自任校长。

平生精研书法，擅长郑板桥、米芾诸体，兼习钟鼎、石鼓、大小篆、汉魏碑等。临帖二百余本，诗歌对联写本积案如丘。著《续书谱》一卷，已散佚。撰有五万多字的《盐源县建设计划》，今存于凉山州档案馆；其余大量作品均已散失。

盐井律诗①

越嶲西南古镇城，唐家郡县是昆明。②
西连干竺诸天近，南接滇池六诏平。③
路入笮桥过黑水④，人输盐税煮青晶。
要荒万里通畿甸，一样黔黎共乐耕⑤。

【注释】

①本诗选自作者编写的《盐源县建设计划》。盐井：这里的盐井是指盐源县。

②越嶲（xǐ）：汉元鼎六年置越嶲郡，定笮县（今盐源）隶属之；昆明：唐武德二年在今盐源县置昆明县。

③干（gān）竺（zhú）：即天竺，对印度的古称；诸天：佛教语，指护法众天神；六诏：参见前陈震宇《和陈应兰竹枝词原韵》注。

④笮桥：用竹索编织而成的架空吊桥。

⑤要荒：极远之地；畿甸：泛指京城以外的地方。

【简析】

这首诗叙述了盐源的历史沿革及地理位置、特色资源，最后感叹虽然是远离京城的蛮荒之地，但是老百姓照样过着快乐的农耕生活。全诗结构严谨，特色鲜明。

盐源县建设计划（节选）①

盐源为四川极西南之边县，首隶宁远府治，即宁属八县之一，现属四川行政督查第十八区。其南部盐边，本为一县，前于阿所拉置巡检管辖，清末宣统二年始设盐边分治，虽划去疆域五分之二，以原有境界过大，仍为四川仅见之极大边县②。除东边与本省之西昌、冕宁，东南与会理接壤外，北则与西康之九龙、香城、稻城相连，西以木里径通前藏，西南毗连云南之潍西、中甸，一部与左所之葫芦海对望永宁，再则以盐边直达云南之华坪、永北、大姚，遥接东川③。现有疆域二十二万平方里以上，实川省与康藏、云南交互往来之要冲，亦即西南各行省屏蔽外藩之重要边防也。

形势则山川丛错，陆原起伏，雅砻江自西北环流在东南而入于西；而卧罗河、冲天河、董利河屡绕西南，水利虽不适于航楫灌溉，沿流沙金历采不绝。山脉自贡葛岭横枕北部、折枝南下，蜿蜒起伏，各种矿质蕴藏颇富。铜铁产量，每地恒在四十万吨。森林、牧场、药材、香杉所在皆有。

至气候寒热交错，农作谷产，无种不滋。粮价低廉全川未有，稍致力于垦植，每年可增四十万石之收获。掘煤煎盐，产盐之区尤为宁属各县及边邻各地所仰食。

前以川局多故，沦为防区，全县土地、人民全为军政首长酬庸济私之具，任其辗转剥削而不少惜④。益以土司因袭旧制，封建私有，于国、省税收不惟毫无负担，反苛压其境内番民，且以多年废除之抚彝司、兵马司、千户长、百户长等腐劣虚衔，号召束缚，以致激起巨变，焚署戕主，祸延四野，市销为墟⑤。况置县边境，其民族之复杂

155

不待言也。惟异族之能否贴服，当视政府德威之能否孚慑；其次乃决于边政之能否推进⑥。

今者兵燹夷变，疲敝之余，凌乱极矣⑦。于此而计划建设，若确定地权，调整荒地，移民垦植，开发矿区，培护林木，整理交通，在在皆与国计民生，关系切要；然在在皆与土司保猡形格势禁，纵能苦硬奋斗，终至徒托空谈⑧。但不于此时考究实际，推求障碍，条分缕析，以谋急切之挽救，以备建设之商榷，则见自汉迄今数千年之文化古都，与夫天赋丰饶、形势险阻之冲要边郡，因循淹息，沦为夷巢，是亦生际其地、遇值其时者之责也，又恶可漠然置之⑨。

【注释】

①本文根据作者手稿节选。

②巡检：明清时，凡镇市、关隘要害处，俱设巡检司，归县令管辖。

③葫芦海：即泸沽湖。

④酬庸：犹酬功、酬劳。

⑤署：这里指土司的官衙；戕：杀害；销：毁灭。

⑥孚（fú）慑（shè）：孚，使人信服；慑，害怕，使害怕。

⑦兵燹：因战乱而造成的焚烧破坏等灾害；夷变：指当时彝族民众对土司统治的反抗。

⑧在在：处处、到处。

⑨恶（wū）：表示疑问，相当于"何""怎么"，《广韵》："恶，安也。"

【简析】

《盐源县建设计划》为作者 1936 年担任盐源县政府第三科（教育与建设）科长时编写的一部建设方案，全文分为十一个部分，共五万余字，资料全面、内容翔实。本文为第一部分"在建设上之价值"。文章论述了当时盐源县的自然资源和社会状况，指出了其地理位置的重要性及开放建设的必要性，最后表明自己对建设盐源责无旁贷的决心。文章夹叙夹议，条理井然，语言精练。

书论二则^①

一

写字之道，易学难精。因与学问修养关系深切，习之勤惰见之雅俗；取法之高下深浅犹为第二问题也。

二

习汉隶而无小篆笔法，习小篆而无籀文精意，皆可谓墨无来历，遑问好坏^②。

【注释】

①据作者手稿。书论：书法理论，唐代书法家孙过庭著有《书谱》，是我国古代著名的书法理论著作，据传戴自朴著有《续书谱》一卷，总结书法得失，惜未保存下来，今在作者留下的墨迹中能见到一些零星的书法论述。

②汉隶：汉代的隶书；小篆：秦始皇统一六国后，由丞相李斯等在原大篆的基础上创制的一种字体；籀（zhòu）文：即大篆，古代一种字体；遑（huáng）问：犹遑论，谈不上、何论。

【简析】

戴自朴是一位著名的书法家，其书法苍劲挺拔，从大小篆到汉隶，再到楷、行、草，诸体皆精，风格质朴无华。这两则书论，正是他书法经验之谈。第一则阐明要勤于学习，而且要提升自己的学问修养才能学好书法。第二则主张学书法要追本溯源，有坚实的基础才能成功。这两条，恰好抓住了书法的关键问题。

戴自朴

对　联

铭学东坡雪浪石①，书临北海云麾碑②。

【注释】

①铭：刻在石头或器物上的文字，苏东坡著有《雪浪石盆铭》。

②临：临摹学习书法；唐代李邕（yōng）官至北海太守，世称"李北海"，《李思训碑》是其晚年得意之作，书法骨力洞达，气清质实。

【简析】

该联表达了作者高雅的志趣和追求，对仗工整，文字精练，巧若天成。

柏如愚

柏如愚（1895—1978），名学渊，又名成美，字如愚，号涵真，盐源县卫城东关人。耕读传家，世代教书为业。毕业于单级师范传习所及简易师范学校。民国时期曾任县立模范学校学监、校长，县立女子学校学监、校长，县立小学校训育主任、校长，县教育会干事、会长，县政府督学等职；中华人民共和国成立后任盐源县中学校长、卫城小学校长。1965年当选为县人大代表、县政协委员。一生教书育人，敬业奉献，一丝不苟，尤重为人师表；学问渊博，虚怀若谷，精研唐宋诗词，尤长骈文对联；书法工整兼柳赵。

神仙路①

柏林山高有美名，松涛深处隐仙人。
众仙西赴蟠桃宴②，踏出一路草青青。

【注释】
①这首诗为柏玉森先生提供。
②蟠（pán）桃宴：传说西王母在瑶池举行蟠桃盛会，后借指祝寿宴会。

【简析】
这首诗描写了柏林山的优美景色及神话传说，别有情趣。

对　联

题卫城东关土地庙联①

小庙奉吾神默佑出门安好进喜添财招福惠；
高贤居是里敬希来县大员虚心下气访民情。

春　联

一

国与春兴，道随时泰；
德同岁进，寿共山齐。

二

国家庆隆兴万民康乐春光好；
农业成合作五谷丰登幸福多。

三

勤俭朴诚一家品德随年晋②；
和平友爱全国荣光逐岁新。

四

维持世界和平我毛主席允为中流砥柱；
培养英才品德吾辈教师要做后起绳规。③

悬联求对

民国二十八年（1939），时任县政府督学的柏如愚先生出联句云：
忆忠恕念慈悲思感应，三教同心；

请全县文化界的同仁联句以对，一时传为文苑佳话。出句的巧妙在于"忠恕""慈悲""感应"三个相对独立的概念，提取儒、释、道三教精义及普世价值，且均为"心字底"（繁体字）与"三教同心"表里相应。

迄今七十余年，已有多人苦心联句，如：
淘沟渠清湖泊治江河，万民理水。
感恩惠息恶念惩恐惑，五湖平安。

虽各有千秋，然终觉尚欠意蕴，难蹈高踪。

【注释】

①土地庙：供奉土地神之庙。
②晋：向前进、向上升。
③允：公平、恰当；绳规：犹法规、楷模。

【简析】

柏如愚先生擅作对联，语言凝练，对仗工整。土地庙联语兼讽谏，意味深长；春联皆能切合时事，推陈出新；悬联求对，乃昔时文人之雅趣，不失为盐源文艺界一段佳话。

浣秋陈女士传

浣秋陈女士者，邑西白盐井人，吾邑俊士伯秋黎君之嫡配也①。少聪慧，性温和，甫六龄于刘向《列女》、徐陵《玉台》见则了然②。龆龄丧父，承欢于母。年二十归黎君，爱敬备至，戒旦鸡鸣③。时黎君失恃有年，诸弟幼弱，女士为之补缀七八年无倦色④。值翁疾，女士奉粥进药，晨夕侍左右；翁殁尽哀礼，佐治丧葬，吊者咸称黎君之有贤内助焉。而迎养生母、资辅姊弟，更见恺悌孝思。

诸弟结缡后，女士身先勤劳，责己恕人，娣姒间罔有闲言⑤。家事无巨细惟恐黎君操劳，悉主持无不适当；尝云劳心甚于劳力。家虽不丰，得雍睦一堂，不啻百二城也⑥。无如虚耗成疾，经岁不疗。病革时谓黎君曰："得君温厚，存誓愿偕老，讵知中道纷飞，真属恨事；倘轮回之说不虚，来生相报可耳！事至劳继姑速置妾，以代我职⑦。"无何卒，年三十有六；子曰天佑、女曰天和，皆聪睿可嘉，洵女士令德之所致也⑧。赞曰：

世界进化，扩张女权，自由解放，柔顺维艰。贤哉女士，以夫为天；事翁待叔，孝友克全。厥疾弗起，遗言凛然；愿生来世，再缔良缘；此情此意，金石为穿。女士虽逝，妇道永传。

【注释】

①伯秋黎君：即黎伯秋先生，参见后。嫡配：元配夫人。

②甫：刚、才；刘向：西汉人，著有《列女传》，讲古代一些有名妇女的故事；徐陵：南朝陈文学家，编有诗集《玉台新咏》。

③戒旦鸡鸣：怕失晓而耽误正事，天没亮就起身。

④失恃（shì）：指母亲去世，失去依靠；补缀：缝补衣服。

⑤结缡（lí）：指成婚；娣姒（sì）：妯娌；罔：没有。

⑥啻：仅、只。

⑦无如：无可奈何；病革：病势危急；继姑：指夫之继母。

⑧无何：不久；洵：确实、实在；令德：美德。

【简析】

这篇传记描述了民国初年一位聪明温柔、有文化、有孝道、有爱心的女人勤劳而短暂的一生。文字精练，朴实无华，真切感人。

张剑魂

张剑魂（1895—1943），名乙垣，字剑魂，一字腾蛟，盐源县卫城人。毕业于北京陆军第二讲武堂，陆军步兵少校。民国时曾任盐源县卫城高等小学校长、县联防大队长等职。平生精研古典诗词并擅于创作，著有《柏林三块石诗集》一卷，惜散失。精书法，初学石庵，兼融张旭、米芾，加以独创，书风古怪奇特。

公母山重阳洞①

空山小洞幽，曲涧冷泉流。
猿猴招今雨，藤花落古秋。
松风清洗耳，萝月照当头②。
一盏胡麻饭，白云缀破裘③。

【注释】

①重阳洞：位于盐源县风景名胜区公母山。

②萝月：映照于藤萝间的明月。

③胡麻饭：胡麻即芝麻，相传东汉永平年间，剡（shàn）县人刘晨、阮肇入天台山采药，遇二女子邀至家，食以胡麻饭，留半年，追返乡，子孙已历七世；裘（qiú）：毛皮做的衣服。

【简析】

这首诗描写了公母山清幽奇特的景色及生活在这里的神仙般的人物，像是作者的自况或理想境界，颇有古人禅诗的韵味。

对 联①

一

东亚春风三万里，西康史事第一行②。

二

爆竹声喧两重庆③，梅花色染几度春。

三

厉兵为国仇④，当趁春声一瞬；
建省值元旦，欣逢大庆两重。

四

吾民寇仇东亚寇仇⑤，战场中分杀合杀；
世界元旦西康元旦，史篇上大书特书。

五

笛声埋古戍⑥，秋色恋残花。

【注释】

①这里的四副对联选自谢焕昭先生编辑的《楹联大观》。

②西康：西康省，1939年元旦建立。

③两重庆：指两大喜庆。

④厉兵：磨好刀枪。

⑤寇仇：指当时的日本侵略者。

⑥古戍（shù）：边疆古老的城堡、营垒。

【简析】

这几副对联是在 1939 年元旦，适值西康省成立，抗日战争如火如荼的背景下创作的，反映了当时特定的历史事件。最后一联意境奇妙，苍凉壮美。

张剑魂

黎伯秾

黎伯秾（1896—1939），名棠华，字伯秾，盐源县卫城人，毕业于宁远联合县立旧制中学，历任小学教师、学监、校长，盐边县视学，盐源县教育会会长、县政府第三科（建设与教育）科长等职务。曾从学光绪丁酉科举人杨松年，杨评其"理学颇窥堂奥，且能实践载道器也"。

府君行状①

府君讳继昌，字汝伯，绍昌其号也，乃大父殿选公之子，入川仕玉公玄孙也②。初本江西籍，自乾隆间来盐住合哨堡，代有哲人。至殿选公屡试不第，遂无意功名，然性慷爽，喜交游。亲朋贫乏者咸利赖之，家遂中落。晚年得府君，视若拱璧③。而府君性孝友，童年与诸姊妹问寝视膳，颇能承欢。无何先大母卒，又七年，大父亦继殁。怙恃俱失，曷胜凄怆④。

光绪中乃娶李公树芳次女，即先妣李孺人也。妣性和顺，且勤俭相府君，持家无遗事。府君乏内顾忧，乃得出外谋为。先妣亦善居，积家小康。甲午春，祝融为虐，全城灰烬，吾家创亦钜⑤。府君苦心经营三年，屋始建。

先后得弟兄五人，岂料昊天不吊⑥，福兮祸伏。而先妣以抚育过劳，疾不起。时棠仅十龄，五弟才数月，绕室呼号，尽属新笋。府君以中馈无主，棠等待鞠育，乃续娶姨母张孺人，甫四月又殂⑦。复娶谢氏母，亦善待棠等如己出。

府君心稍慰，嗣以金厂失利，绝意远游，日惟训棠弟兄读⑧。此棠所以得由小学而中学也。特以家计多窘，诸弟均未克上达，府君心郁甚，经营愈苦，疾遂从兹深矣。先是府君自厂归，人咸钦其正直，举任团务。凡里中纷难，府君持以正谊、感以真诚，苦口婆心，解释嫌怨，无不得两欢。尤以公共卫生、慈善事业尽力提倡，其最足式棠等者。

棠五姑母适杨姓既孀，二子均幼。府君接家侍奉，十余年如一日，中表无二心。及年壮，于三家村为之筑舍，内媳以居之。今五姑母尚健，二中表亦自振拔，杨门赖以不替，皆府君友爱而然。

其交友甚悃厚⑨。如高锦江之妻丧也，锦江羁厂，路复遥，府君亲为营葬。其长子联寿归，复疾殁，府君亦为掩埋。余子女各一，接家抚育年余，乃送之厂，今成立矣。当府君诣厂时，有戚傅光远者偕行，后光远先归，中途被盗，劫财毁尸。府君闻耗即为申述，并往各山林寻其遗骸，深入不测。后经数年案乃结，获金数百，与其父母作养老；又劝置妾生一子，今已数龄矣，其慷慨好义多类此。

旋以国家多难，兵校强横，彼来我往，疲于奔命，由是夙疾日臻。棠竣业中校归，促棠上游蓉垣⑩。棠睹府君憔悴，不忍远离，欲依膝下，用节勤劳，略尽乌哺⑪。讵知天不克相，遂殁于民国六年全月初一日，距生于前清同治丙寅八月二十一日，享年五十有二⑫。生子五，长棠华、次桂华、三玉华，四子夭，五松华；长媳陈氏何氏，次媳罗氏，三媳蓝氏，五媳周氏；一女琼华字徐姓。孙天佑、天聪、天元、天明、天爵，孙女天禧、天和、天凤、天祺。棠等弗光前烈，已腼然人面，特寸衷耿耿，用敢胪陈府君梗概而状其实焉⑬。

民国十三年六月不肖男棠华谨状。

【注释】

①府君：尊称去世的父亲；行状：记述逝者世系、籍贯、生卒年月和生平概略的一种文体。

②大父：祖父。

③拱璧：大璧，泛指珍贵的物品。

④怙恃：《诗经·小雅》："无父何怙？无母何恃？"后来用"怙恃"为父母的代称。

⑤祝融为虐：祝融，古代的火神；虐，焚烧。

⑥昊（hào）天不吊：《诗经·小雅》"不吊昊天"。昊天，苍天；吊，善、良好。

⑦中馈：指妻室；鞠育：抚养、养育；殂（cú）：死亡。

⑧嗣：接着、随后。

⑨悃（kǔn）：诚实。

⑩蓉垣：指成都。

⑪乌哺：旧称乌鸟能反哺其母，故以喻人子奉养其亲。

⑫讵：岂、怎。克相：克，能够；相，扶助。全月：指十二月。

⑬弗：不；脗然：惭愧貌；用：因而、于是；胪陈：逐一陈述。

【简析】

文章选取几个典型事例体现了父亲对事业的尽职尽责、对亲人的爱抚关怀和对朋友的真诚宽厚。行文简洁流畅，字里行间流露出浓浓的敬意和怀念。

刘跃天

刘跃天（1901—1944），名文龙，字跃天，又字雨门，笔名太瘦生，盐源县卫城人。毕业于宁远联合县立旧制中学，回乡后，拜卫城名师罗献之（前清秀才、书画家）及盐源县长李高梧（书画家）门下学习书画，青出于蓝而胜于蓝；更长于诗词歌赋，一时名噪笮邑、门庭熙攘。里中人慕其才，颂以联云："健羡挥毫夸独步，伫看挟策展长才。"民国时曾任盐源县政府督学、民政科长、教育科长等职。作品集《杂作丛稿》惜毁于"文革"。今仅存零星对联。

《杂作丛稿》弁言①

余性疏懒，又极无恒，年十八毕业于宁中后，日记未几中辍②。逐岁舌耕，更染阿芙蓉癖，卅后兼劳形于公牍，即诗与画亦不复常作矣；惟应酬之文，间或未免③。稿之稍可者，积存既久，居然成帙；因录于是册，亦敝帚自珍意耳④。

民国二十六年岁丁丑跃天识，时年三十有六矣。

【注释】

①《杂作丛稿》：作者的诗文集；弁（biàn）言：前言、序文。

②宁中：即宁远联合县立旧制中学，在西昌。

③舌耕：旧时称以授徒讲学谋生；阿芙蓉：鸦片，俗称大烟；卅（sà）：数字，三十；公牍：公文。

④帙（zhì）：书的卷册。

【简析】

这篇序言叙述了自己的简历及创作情况，不文过饰非，直面人生与现实，朴素无华。惜丛稿今已不存。

哭亡室序①

舜华早谢，倍知奉倩之愁，瞻月难圆，偏悉子荆之痛②，虽其变矣，实亦常焉。要未有如卿之年逾花信，作合仅十阅月，而襁褓中只遗越宿之婴娓者；三生石上，空连赤系之缘；一珠掌中，且卜白头之养③。夭桃秾李，景物时新；月白风清，幽怀莫溯。此其悲凄惨伤之状，不特不堪身历，亦不堪管述矣④。不忒忧离难剪，后此无穷之居诸，不堪逆计；即今桂长兰苗，前此之岁月，亦不堪追忆矣⑤。嗟嗟温良恭俭，洵称巨阀贤媛，幽娴静柔，佥谓高门令妇；遂使银湾浪涌，长流呜咽之声；玉柱月悬，永罢团圆之梦⑥。衔酸何极，流欢何穷？岂曰彷徨故剑，克工伤逝之联；亦云怆恻遗簪，且作悼亡之赋⑦。挽曰：

三百天夫唱妇随，如鱼得水，如漆得胶，几曾见勃谿反目；乃语余云：郎固骞腾达志者，何恋这洋烟乎？呜呼！亦足称矣！至若亲前婉顺，姊辈温和，小阁灯红、幽窗月皎；每值良朋之造，频劳斗酒之藏；孟光拟其德，少君拟其贤，道韫拟其才；况当宁馨在抱，似续慰怀，我信福增，卿非命薄，还怎的缘尽先离，去日苦多来日少⑧。

千万次长吁短叹，欲听无声，欲看无影，更难忘静好同衾；顾为渠计，彼岂淡漠寡情哉，而抛犹敝屣也⑨？噫嘻！能不悲欤！迄今姑尚白头，子又黄口，锁愁城亘，避债台高；难拈倩女之魂，莫觅太真之梦；庄子于是歌、安仁于是涕、元稹于是悼；从今瘦体依稀，形容憔悴，眼中流血，心中成灰，终负了盟要永世，他生未卜此生休⑩。

【注释】

①作者为悼念去世的妻子谢国璠（fán），特意写了这篇文章和挽联。序：古代的一种文体；挽：哀悼逝者。

②舜（shùn）华：木槿（jǐn）花；奉倩：三国魏荀粲，字奉倩，因妻病逝，痛悼不能已，每不哭而伤神，岁余亦死，年仅二十九岁；子荆：孙楚，字子荆，西晋官员、文学家。

③花信：花开的信息，借指女子的成年期；阅：过了、经过；婴

(yī) 婗 (ní)：婴儿，见《释名·释长幼》。

④管述：用笔记述。

⑤不忒 (tè)：没有变更，没有差错；居诸：《诗经·邶风·柏舟》："日居月诸，胡迭而微?"孔颖达疏："居、诸者，语助也。"后用以借指日月、光阴。

⑥阀：名门巨室，仕宦人家；佥：众人、大家；令妇：指贤淑的媳妇。

⑦故剑：指原配之妻；怆 (chuàng) 恻 (cè)：悲痛。

⑧勃谿 (xī)：吵架、争斗；骞 (qiān) 腾：飞腾，谓地位上升；洋烟：指鸦片；造：拜访；孟光、少君（薄少君）、道韫 (yùn，谢道韫)：均为古代贤德、有才的女子；宁馨：赞美孩子。

⑨顾：而、不过，轻微转折；渠：他，"渠会永无缘"（《孔雀东南飞》）；敝屣 (xǐ)：破旧的鞋。

⑩姑：丈夫的母亲；黄口：指幼儿；太真：唐杨贵妃；安仁：晋潘岳，字安仁，曾作《悼亡诗三首》；元稹：唐诗人，曾作悼念亡妻的《离思五首》，诗中有"曾经沧海难为水，除却巫山不是云。取次花丛懒回顾，半缘修道半缘君"的名句。

【简析】

一序一联，生动真切地表现了作者对新婚不到一年的妻子逝世的无比悲痛凄怆之情，缠绵悱恻、一唱三叹，感人至深。表现手法有叙述、描写、对话，更有抒情，引经据典，格律严谨。

对　联

一

无情何必生斯世，有好都能累此身①。

二

国难方殷②，男儿还须发愤起；

春风又至，光阴岂可等闲抛。

三

民众都要起来抗战，我们还说什么过年。

四

误攻文字此身将老，起贩鱼盐为计已迟。③

五

又是一年春，忆前岁蛮羯相争，仓皇戎马，干戈未定，憔悴哀鸿，往事总惊心，不禁感时溅泪；

聊成期月治，至今日城郭如故，杼轴其空，人民已非，墙壁徒倚，疮痍犹满目，何堪抚景称觞。④

六

卅年来笔耒砚田，消磨岁月，图书案牍，耗损精神，若教逐利争名，狡焉思逞，汲汲得失，堪笑亦复堪怜；自念三十未发，四十不富，还说甚强仕不惑，成功立业，况余憔悴形容，贫病交侵，天意于寒酸兹可见矣。⑤

半世里春山秋水，洒遍丹青，郁李秾桃，栽满蹊径，惟能守分安命，淡然寡营，默默观察，孰兴又当孰败，环顾上有老母，下有拙妻，更育些娇儿稚女，绕膝牵衣，赢得雍睦气象，和乐无已，人情贵知足尚何求耶。

（此联为作者四十岁自寿联）

七

丹青传后世，清白慕先生。
（此联为作者挽恩师、画家罗献之而作）

前四年受业缁帏，拜谒屡登堂，欵洽淹留，懿训亲承杳若梦；⑥
今六月空悬帐穗，苍茫长作古，凄凉沉痛，慈颜永隔难为情。

（此联为挽罗师母李氏作）

八

忆昔谱牒结同盟，彼无虞君无诈，我居两间，孰意疑猜成惨祸；⑦
及今风云演变态，生者苦死者悲，时只一刹，惟将清泪哭良朋。

九

天意在复兴，又告成一个省府；
民心期抗战，快收拾半壁河山。⑧

新省告成，共普天义愤廓清宇宙；
元旦纪念，趁大地春回收复河山。

庆祝由他须勿忘国难深重；
胜利属我必先使省政完成。

十

与吸烟勿宁死去，不致富何用生为？⑨

【注释】
①好（hào）：爱好、喜爱。
②国难：指日本侵华战争；殷（yīn）：深、深切。
③"误攻"联：此联为作者中年以后因家道艰难开店经商时
所作。
④蛮羯（jié）：这里指少数民族；杼轴：指纺织、工商之业；疮
（chuāng）痍（yí）：创伤，比喻遭受灾祸后凋敝的景象；称觞：举杯
祝酒。

⑤卌（xì）：四十；耒（lěi）：古代一种农具；狡（jiǎo）焉思逞：指怀贪诈之心图谋侵人之国；汲（jí）汲：形容急切的样子，急于得到；强仕：《礼记·曲礼上》："四十曰强，而仕。"

⑥缁（zī）帏：传孔子讲学之处；欸（ēi）洽：表示招呼、融洽；懿（yì）：多指女子德行美好。

⑦谱牒：记述氏族或宗族世系的书谱；虞：欺诈。

⑧"天意"联：此联与下二联为1939年西康省成立而作，时值抗战艰难之时。

⑨烟：此指鸦片；勿宁：宁可、不如；何用生为：活着还有什么意思呢。

【简析】

作者一生创作诗词对联甚多，惜多未保存下来。这里选录的对联，第一副摘录于《卫城小学校志》，其余的选自谢焕昭先生编辑的《楹联大观》。这些对联均因具体背景而作，题材涉及立志、述怀、抗战、悼念等，切合人物、时间、地点，言简意赅，对仗工整。

王选皋

　　王选皋（1903—1978），名朝举，字选皋，号大痴，盐源县卫城人。民国七年毕业于卫城高等小学第五班，曾受业于刘跃天先生，任卫城小学教师。平生酷爱书法，书宗王羲之、赵孟頫，刻苦研习，"臀生老茧，终成一代书法家"。1951年修建卫城烈士陵园，其中碑、匾、楹联等，均为其手迹，至今仍被品味临摹；后在盐井石印社以写字为生。

怀古二首①

淮阴侯②

逐鹿中原汉力微，登坛倍感楚军威。
足当蹑后犹分土，心已猜时尚解衣。
毕竟封侯符蒯彻，几曾握手到陈豨。
忠魂莫向山头泣，兔死狗烹君自迷。③

武侯祠④

日斜来谒武乡祠，茶座荷风邈邈思。
大节直宜方劲柏，臣心自可媲清漪。
致身为国宁忘贼，无力回天两《出师》。
饶舌何曾嫌水镜，草庐原不望人知。⑤

【注释】
　　①据郭常春先生提供的作者手稿，题目为编者所加。
　　②淮阴侯：指韩信，江苏淮阴人，西汉开国功臣，与萧何、张良并列为"汉初三杰"，与彭越、英布并称为"汉初三大名将"，汉朝建

立后被解除兵权。后被人告发谋反被斩。

③逐鹿中原：《史记·淮阴侯列传》："秦失其鹿，天下共逐之。"指群雄并起，争夺天下；登坛：指韩信"登坛拜将"之事；蹑（niè）：追随；分土：分封土地；解衣：指刘邦将自己的衣服送给韩信；蒯（kuǎi）彻：即蒯通（因避汉武帝之讳而改为"通"），曾为韩信谋士；陈豨（xī）：从刘邦入关，以功封阳夏侯，后举兵叛汉，汉高帝十一年，刘邦还在前线讨伐陈豨，有人密告韩信与陈豨通谋，要杀吕后和太子，随后，吕后与萧何谋划，由萧何出面对韩信说，陈豨已被击败，让韩信立即入朝相贺，韩信相信了萧何，便入了宫，吕后就命令武士把韩信捆绑起来，不经审讯就斩首了。

④武侯祠：这里指成都武侯祠，是纪念三国时期蜀汉丞相诸葛亮的祠堂，因诸葛亮生前被封为武乡侯而得名。

⑤谒（yè）：拜见；邈（miǎo）邈：遥远的样子；方：比拟；媲（pì）：并、比；宁：岂、难道；两《出师》：指诸葛亮写的前后《出师表》；饶舌：唠叨、多嘴；水镜：司马徽，字德操，汉末颍川（今河南禹县）人，由于他善于知人，被称为水镜先生，是诸葛亮的老师。

【简析】

两首怀古诗，分别写的是汉初的韩信和三国时期的诸葛亮，都是著名的历史人物。两人一生屡建奇功，结局却都带有悲剧色彩。

韩信为刘邦打下江山，最后被收夺兵权，又遭猜忌，被人告发谋反而被害，真是"飞鸟尽，良弓藏""兔死狗烹"，可悲可叹！诸葛亮一生雄才大略，但终因后主刘禅昏庸，生不逢时，"出师未捷身先死，长使英雄泪满襟"。

两首诗在写法上皆依据史实，引经据典，融叙事、评论、抒情于一体，语言精当，入情入理。

黄 灿

黄灿，字灿章，西昌人。民国三十年（1941）前后曾寓居盐源，富有才华情趣。

西江月·公母山①

醒似仙人合掌，睡如莲瓣初开，万竿修竹绕蓬莱②，一洒清凉世界。
虽然不通沧海，一月一度潮来，渔翁半夜宿西岩，打湿蓑衣不晒③。

【注释】

①西江月：词牌名。

②蓬莱：神话传说中濒临渤海、黄海的仙人居住的山，泛指仙境。

③一月一度潮来：传说很久以前公母石中间每月流一次泉水。唐代柳宗元《渔翁》："渔翁夜傍西岩宿，晓汲清湘燃楚竹。烟销日出不见人，欸乃一声山水绿。回看天际下中流，岩上无心云相逐。"

【简析】

这首诗生动地描绘了公母山美妙的景象和神奇的传说，语言诙谐，妙趣横生。

赵流芳

赵流芳，民国时期在盐源盐务小学任语文教师。

盐务小学校歌①

金江远带，柏岭环抱，中有盐井，蕴藏富饶②。有千年的历史，为民食之需要。盐务小学，是为盐业谋福利，盐井生产求改造。看，群鹰朝井，万灶浮烟③。愿莘莘学子，努力学习，快走上建国大道④！

【注释】

①盐务小学：1947年秋由盐源盐场公署及盐井士绅（也是灶户）宋敛五、陈健昆等人创办的私立小学，校址在万寿宫（今工农街小学）。学校经费有保障，设备良好，师资较强，学生最多时达三百二十多名。中华人民共和国成立后，1950年合并到盐井小学。

②金江：即金沙江；柏岭：指柏林山。

③群鹰朝井：即"鹰朝井络"，与"井灶浮烟"均属旧时"盐源八景"，参见前"盐源八景""盐源后胜景"注释。

④莘莘（shēn）：众多的样子。

【简析】

这首校歌描写了学校所处的自然环境及创建背景，突出了悠久的盐业文化，并对学生寄予殷切的希望。语言清新雅致，亲切自然，为校歌中的经典。

李祥云（1912—1993），四川冕宁县人，早年为中共地下党员。1962 年 8 月至 1964 年 5 月任中共西昌地委常委、农工部长，兼任盐源县委书记。勤思好学，注重调查研究，善于联系群众，把国家政策与盐源实际结合起来，办了许多实事。他主张大力发展苹果产业，并发动机关庭院种植，为现在建成 10 万亩苹果基地打下了基础。工作之余善写诗填词。

清平乐·题树河烈士陵园①

今昔巨变，只缘乾坤换。烈士鲜血人间遍，社会主义出现。无限大好春光，人人奋发图强，建成四化强国，饮水莫忘思源。

【注释】

①清平乐：词牌名。树河烈士陵园，在盐源县树河镇，为纪念 1950 年在剿匪战斗中牺牲的解放军烈士而建。

【简析】

这首词表达了对革命先烈的缅怀之情，激励人们奋发图强、饮水思源，珍惜来之不易的幸福生活。

念奴娇·盐源写照①

平原莽莽，举目望，树少风高干裂②。历代沉浮若无主，付与春花秋月。禾遇枯焦，人遭剥削，四野悲鸿泣，千秋哀怨，伤心谁与评说。

而今原野温热，不怕水艰，不怕风和雪。鼓足全民挥干劲，誓把汝来建设③。一面营林，一面开塘渠。十年易度，增加无限春色。

【注释】

①此词为 1964 年 5 月作者调西昌地委工作，临行前写给县委机关办的《七一专刊》的。念奴娇：词牌名。

②平原莽莽：形容广阔的盐源坝子。

③汝：你，指盐源县。

【简析】

这首词通过新旧对比，形象地再现了盐源县在中华人民共和国成立后十多年来的巨大变化。作为一名领导干部和建设者、见证人，作者内心充满无限喜悦和依依惜别之情。

张学仁

张学仁（1914—1997），又名焱，号希颜，笔名无敌，盐源县卫城人，毕业于卫城高等小学，后入师范补习班。曾任小学教师，抗战时期参加中国抗日青年远征军。工诗词，善书画，常垂钓自乐。有《夜星集》一卷。

清平乐·从军

挥三尺铁，誓把倭奴灭。直捣天皇禽兽穴，方显中华俊杰。青年自愿征东，浮生换取衰翁。壮志削减如梦，那堪几度秋风。①

【注释】
①铁：指武器；天皇：指日本裕仁天皇。

【简析】
这首词是作者对当年参加中国抗日青年远征军的回忆，虽几十年过去了，但那种"壮志饥餐胡虏肉，笑谈渴饮匈奴血"的豪情犹在。

夜　战①

追星赶夜月，野火时明灭。
牛困人饥寒，深耕促战烈。

【注释】
①夜战：指20世纪50年代农村生产队在农忙季节夜晚劳动。

【简析】

这首五言绝句生动地描写了当年农村社员披星戴月，艰苦劳动的情景。

清平乐·野马

清溪芳草，自在餐多少，莫得笼头真正好①，随我马儿乱跑。春风得意长鸣，昂首驰骋纵横。踏碎三千世界②，乾坤再铸清平。

【注释】

①莫得：盐源方言，没有；笼头：套在牛马头上用来系缰绳、挂嚼子的用具。

②三千世界：佛教名词，又称大千世界，泛指宇宙。

【简析】

作者描写了一匹悠然自得、无拘无束的行空天马，是一种理想的寄托。

天净沙·村居①

一

青枝绿叶红花，竹篱茅舍人家。地角田边坎下，豆棚瓜架，茄椒葱蒜桑麻。

二

败柳残花野草，香冷色衰枯槁。春风又是妖娆。争妍斗娇，人反不如它好。

【注释】
①天净沙：曲牌名。

【简析】
《天净沙·村居》二首，第一首展现出恬静的农家田园风光，生机盎然；第二首写枯槁之花草逢春又争奇斗艳，有所寓意。语言清丽，别有情趣。

山　行①

半岩云烟两三家，溪水拱桥曲径斜。
山雉林中呼伴侣，路旁妖艳野桃花。

【注释】
①此诗曾发表于 20 世纪 80 年代末《诗词集刊》。

【简析】
这首诗颇有唐代诗人杜牧"白云生处有人家"的意境，语言妙趣横生。

张学仁

临江仙·龙潭集景^①

一

燕语莺声春至矣，风和日暖天晴，桃红柳绿最宜人。荒山添秀色，野草散幽芬。

几处牛羊随散漫，牧童笛韵歌声，老农田里动春耕。龙潭明若镜，鱼跃晒银鳞。

二

几处禾苗青且秀，满河怒吼奔腾，此间景色一番新。草丛奔狡兔，天际旋饥鹰。

无数山花和野草，芬芳振奋精神，寻幽避暑可消尘。龙潭波浪滚，濯足冷如冰。

三

虎穴龙潭常往返，随时怵目惊魂^②，豺狼阴雨食羊群。缨花开烂漫^③，怪石露狰狞。

几越重岗崩土坎，山沟陡滑泥泞。风吹草动老蛇行。潭中翻沸浪，鱼跃过龙门。

四

连夜北风吹不住，上方满布彤云。许多草木现凋零。红梅三五朵，白云万千层。

谁撒鹅毛筛面粉，琼花玉树如银。琉璃世界寂无人。荒寒山冻结，潭热气蒸腾。

【注释】

①临江仙：词牌名，本为唐教坊曲名，多以咏水仙，故名。龙潭：指龙潭河，在盐源双河乡。

②怵目：害怕。

③缨花：指"十样锦"花，当地人称"缨缨花"。

【简析】

四首词分别写出春、夏、秋、冬四个季节龙潭的不同景色和人物心情，写景状物生动有趣，词中对句尤其精练工整，描绘出一幅幅优美的田园风光画。

水调歌头·钓鱼

一

波浪随时动，无事一身闲。寻幽欣赏佳趣，最好是晴天。若遇斜风细雨，更应全神贯注，越钓越欣然。收拾小笆篓，河水养新鲜。

芦花凼，杨柳岸，板桥边①。不妨先试深浅，再甩花滩。识别炎凉清浊，掌握沉浮弛紧，微妙在其间。只要河中有，乘月负鱼还。

二

来岁春光好，随柳过前川。高山峡谷温暖，同钓小河湾。两岸花香鸟语，瀑布巉岩叠岫，人在画图间②。路到转弯处，又是一重天。

随流水，过小桥，对青山。人家茅舍，齐整修建小河边。屋绕几笼翠竹，门对数沟甘蔗，羡慕想心宽。日暮红霞起，收拾祝平安。

【注释】

①凼（dàng）：塘，水坑。

②巉（chán）石叠岫：巉岩，险峻的山岩；岫，峰峦。

【简析】

两首词生动地描写了雨天独钓和邀友在小河湾钓鱼的不同乐趣，展现出两幅各具特色的自然风光图；语言朴实自然，情趣盎然，寓意丰富。

水调歌头·酬友

一

此日曾相送，挥手别平川。车行快过流水，扑面回龙湾。岩石、村庄、树木，不断风驰电闪，高路出人间。红日照当午，稳坐上青天。

土公堡、香水井、小高山。指点积雪，回首飞过白云边。俯视坝桥水库，金色波光耀眼，顿觉眼前宽。下了凉风坳，无事内心安。①

二

握手蒙相送，能不念平川？百里寻医访友，上下几坡湾。一见成为知己，感谢精勤服务，真挚出人间。不比等闲客，任自挽聊天。

论写作，如流水，似高山。诗词歌曲通学，七律更要沾边。字句须分平仄②，对仗尤当工整，韵脚要求宽③。笔熟能生巧，典故不随安④。

【注释】

①"扑面回龙湾"以下数句：回龙湾、青天（青天铺）、土公堡、香水井、小高山，均为地名，在平川镇。

②平仄（zè）：平声和仄声（即上声、去声、入声），旧体诗用字须音调平仄交替协调。

③韵脚：句末押韵的字。

④典故：诗文等作品中引用的古典故事或词句。

【简析】

两首词叙述了作者20世纪80年代到盐源平川探亲，结识当地医生陈宝善，共同对诗词的爱好让他们成为挚友的情景。第一首主要写从平川返回卫城途中的景物及心情；第二首是回忆在平川时友人陈宝善医生对自己的悉心照顾，以及两人谈论诗词创作的情形，流露出浓浓的情谊。

满江红·阅江楼①

日月如梭，千万载，自主沉浮。人间世，错综复杂，倏忽春秋。友谅沦为穷寇地，元璋拾作帝王州。②六百年，始得显峥嵘，阅江楼。

兴改革，广交游，凭自力，勿他求。放江山异彩，乐莫忘忧。猛虎镇山初露爪，雄狮出世正昂头。壮奇观，特色绘中华，更风流。

【注释】

①阅江楼：阅江楼坐落于南京城西北角的狮子山巅，与武汉市黄鹤楼、岳阳市岳阳楼、南昌市滕王阁合称"江南四大名楼"。明初朱元璋称帝后，于公元 1374 年再次登临卢龙山，感慨万端，并亲自撰写了《阅江楼记》。其文气势磅礴，之后将山名改为狮子山。后朱元璋为阅江楼建造"平砥"，但因种种原因终未建成，直到 2001 年，南京市政府建成了此楼。

②倏忽：很快地，形容时间迅速流逝；友谅：指陈友谅（1320—1363），湖北沔阳人，元朝末年群雄之一，农民起义领袖，元末大汉政权建立者，1363 年，陈友谅率六十万水军进攻朱元璋，但在鄱阳湖大败，陈友谅也在突围中中流箭而死。

【简析】

阅江楼历经六百年始得建成，其间经过了多少沧桑巨变，岁月更迭！这首词叹光阴易逝、英雄淘尽，赞改革开放、河山重光；层次分明、语言凝练、气势恢宏。

张学仁

遣 兴

谁云翰墨小神仙，半是挥洒半是癫。
难得文章有奇气，不妨濡墨伴柳颜①。
群体纷纭群体美，端正倚斜可多元。
我字表达我性情，何必固守一家言。
汝爱魏晋我爱唐，君喜流水我喜山。
兴至偶书三五行，且与挚友共笑谈。
燕瘦环肥无所谓②，墨猪墨宝等闲看。
待到笔酣墨香处，回眸再哂小说酸③。

【注释】
①濡：沾湿、沾染；柳颜：指唐代书法家柳公权、颜真卿。
②燕瘦环肥：燕，指汉成帝皇后赵飞燕，体态轻盈；环，指唐玄宗贵妃杨玉环，体态丰满。
③眸（móu）：眼珠；哂（shěn）：讥笑。

【简析】
全诗阐明了自己对书法的认识，认为书法是表达性情的，并且提出了审美多元化的观点；语言生动流畅，如行云流水。

声律新编（节选）①

一 东

霜对雪，雨对风，大地对长空。星移对斗转，电异对雷同。星指北，雨偏东，雾罩对烟笼。银湾夜月白，玉柱朝霞红。鱼龙变化风云动，草木滋生雨露功。日月星辰，光芒不照旮旯里[②]；风雷水火，势力常倾宇宙中。

四　豪

车对轿，斧对刀，短褂对长袍。千头对万绪，两面对三刀。风月蜜，雪花膏，老韵对时髦。宫中多艳丽，世上广风骚。遍地肮脏夸白净，浑身龌龊炫清高。韵味犹长，不是夹生酸橄榄；风情未减，难逢晚熟甜葡萄。

【注释】

①声律新编：声律，语言文字的声韵格律，包括字的声调，即平声、仄声（上声、去声、入声）。《声律启蒙》是清朝康熙年间车万育编著的，按韵部分编，内容广泛，是一部训练声调、音韵、语音、词汇、修辞、对偶等古典文学修养的启蒙教材。作者也编著有一部《声律新编》，这里节选部分内容。

②旮（gā）旯（lá）：方言，指角落。

【简析】

作者的《声律新编》在传统的基础上有所创新，主要是内容比较连贯。

对　联

公母山联[①]

怪石耸奇峰公母生存不息，旱莲开并蒂阴阳造化无穷。

月湖公园联②

一

月似银盘浮水上，湖如碧玉长花间。

二

柳桃任意栽，花木葱茏，无限春光增艳丽；
月湖随心赏，水天掩映，自然秋色更清幽。

三

两头曲折双腰带，八面玲珑六角亭。

四

月色晶莹客到中秋争赏月；
湖光滟潋人逢仲夏喜游湖③。

【注释】

①公母山联：此联原刻在公母山山门上，今已不存。

②月湖公园：原址在盐井镇公园路，今已不存。

③滟（yàn）潋（liàn）：水光耀动貌。

【简析】

作者一生创作了很多对联，语言洗练，对仗工整，富有情趣。这里选的几副，切时切地，自然流畅，堪称典范。

江　渊

江渊（1918—2003），又名大林，盐源县梅雨镇人，幼年时因中风致耳聋，仍勤奋读书，后随川滇黔佛教总会副掌教周道德到云南潜心学佛，兼习诗书画，并负责教内文案。中华人民共和国成立后，在盐源照相馆工作。擅长国画，有《旅滇诗草》一卷。

感　怀

一

碌碌浮生感驹光，一事无成竟自强。
明志从师甘淡泊，济世遑敢炫文章。
性耽风雅书为命，心醉太华水云乡。
祖遗文范今犹在，彩笔尚留待江郎。①

二

栖迹空门作幕宾，身负残疾耻依人。
一囊秋水清若许，几幅春山淡入神。
笔墨陶情聊写意，图书满架不嫌贫。
自性孤独逢迎拙，二十年华尚飘零。②

三

笔墨飞舞裒云烟，书法难追卫氏传。
抗日幼弱难努力，残疾而今尚赧颜。
活人愧乏龙宫术，济贫耻习点金铅。

常悲往事如昨日，何堪裘马衣翩翩。③

四

枯禅久坐锁牢愁，更爱经籍细索求。
每念自修难济世，几曾从事遍周游。
悲人心似危巢燕，嗟予残疾等浮鸥。
倘若苍苍能鉴此，强年犹可佩吴钩。④

五

别亲隐痛离故乡，全家相送泪沾裳。
归来未卜年高少，此去那嫌道路长。
一身浮萍瘴疠地⑤，千里容愁满回塘。
云山迢递音书隔，祖德亲恩两难忘。

六

不堪远别羁异乡，匹马依然恨路长。
境似落花漂泊易，身若秋燕去来忙。
学仙未获点金术，归隐难觅辟谷方。
自幸强差苏季子，回家尚有慈爱娘。⑥

七

读书何事学雕虫，只以饥驱误用功。
淡泊名利趋妙境，浮鸥身世类转蓬。
鸿泥半托烟痕里，驹隙空遗泡影中。
堪叹痴聋无见识，傲骨毕竟不英雄。⑦

八

三生石上归精魂⑧，化作阳台一片云。

词客有灵应识我，碧山如黛又逢君。

花边古寺翩金雀，竹里春寒冷翠裙。

秋来望月多相思，怅断衡阳雁几群。

【注释】

①驹光：指短暂的光阴；遑敢：不必、不敢；炫（xuàn）：显示、夸耀；耽（dān）：喜爱；江郎：指南朝江淹，少有文名，晚年诗文无佳句，故有"江郎才尽"之说。

②栖迹：栖身；空门：佛门；囊（náng）：口袋，这里指作者的画作，有一池秋水；拙（zhuō）：笨、不灵巧。

③卫氏：指东晋女书法家卫夫人，王羲之少时曾从其学书；活人：指治病救人；赧（nǎn）颜：羞愧脸红；金铅：这里指作者学作画的各种颜料。

④苍苍：指苍天；吴钩：春秋时吴人善铸钩（一种兵器），泛指利剑。

⑤瘴（zhàng）疠（lì）：因受瘴气而生的一种疾病，亦泛指恶性疟疾等病。

⑥辟谷方：指道家的一种修炼术，不食五谷；苏季子：战国时的苏秦。

⑦雕虫：即雕虫小技，这里指学画；鸿泥：鸿鸟在雪泥上留下的爪印，比喻往事的痕迹。

⑧三生石："三生"缘于佛教因果的轮回说，指"前生""今生""来生"，"三生石"位于杭州天竺寺，后成为姻缘的象征，即"缘定三生"之意。

【简析】

这一组七律诗内容很丰富，涉及了作者的身世、学习、疾病、参禅、乡愁、感情等，表现手法多为直抒胸臆，真实自然。

从戎未遂①

民国三十年经大理到三塔寺抗日军官干训团，族叔已早两年考入

193

该团，予亦欲报考。教官言学识尚可，惟耳聋不可录取。因感而作此。

其 一

战云极目昼成阴，倦鸟犹知恋故林。
破碎山河惊杀气，残疾身世损寸心。
从戎未遂空投笔，抗敌无力暗伤神。
梦里陈情仍痛哭，纵横残泪枕痕深。

其 二

书剑飘零尚客游，海天容易又经秋。
知名人物升沉尽，谁识当时第一流。

【注释】
①未遂：指没有成功或未能如愿。

【简析】
两首诗表达了作者报国无门、肝肠寸断的悲怆与无奈。

秋窗夜雨

潇潇夜雨打蕉声，睡去诗魂梦里惊。
吟余竹影横窗瘦，裳单更觉嫩寒生。
醒见壁鼠当床过，卧待晨鸡不觉鸣。
惟喜来朝午晴好，呼朋看稼话山行。

【简析】
诗中描写的是作者在云南雨夜独眠的情景，通过蕉声、竹影、壁鼠、晨鸡等景物的烘托，表现出一种凄清、孤寂的意境。

集戏剧曲牌名成一律怀故人①

碧玉簪留十锦缠，画中人去奈何天。
挑灯怕读鸳鸯谱，投笔愁看燕子签。
待月楼前闲问卜，争春园里喜逢仙。
白罗衫染双红泪，水浒桃花笑独眠。②

【注释】

①作者原注怀念杨易明、赵银兰、万淑英三位女士。

②"碧玉簪"以下数句：碧玉簪、十锦缠、画中人、鸳鸯谱、燕子签、问卜、喜逢仙、白罗衫、水浒等为当时各种戏剧曲牌名。

【简析】

作者将一串戏剧曲牌名有机地组合成一首诗，巧妙有趣，并表达了对友人的思念。

幽岩梅

百花未许论芳馨，独自水天伴月明。
赖有幽香洞渊奥，宁将雅趣博轻盈。
得失不显陶令怨，大地无闻和靖清。
肯向幽岩伴黄石，可知谁与梅花名。①

【注释】

①渊奥：深奥；和靖（jìng）：林逋（bū），字和靖，北宋著名隐逸诗人，终身不仕不娶，唯喜植梅养鹤，人称"梅妻鹤子"。

【简析】

作者通过对幽岩梅花的描写，表现出一种高洁不俗、卓尔不群的志趣。

题　画①

报晓图

喔喔高唱唤晓明，贤妇醒时梦已惊。
陈宝祥征秦穆梦，函关险度孟尝行。②

林和靖爱梅纵鹤图③

卓尔孤高士，翩翩秀绝伦。
留客每纵鹤，爱梅唤卿卿。

濂溪清赏图④

濂溪清赏态翩翩，窈红婀娜向风前。
千丝衣薄荷同制，三醉颜酡柳共眠。⑤

为女教师画龙爪菊戏题

玉人何事太轻狂，云鬓松蓬懒梳妆。
娥眉淡扫颜似玉，倩影曾借广寒香。

为鲁道源军长之妹绘芙蓉图⑥

性爱看花懒种花，辛勤绘赠芙蓉花。
花鲜年年长如此，伴尔书窗度岁华。

仙女舞剑图

炯炯寒光辉北辰⑦，片片红霞映太清。
不与尘嚣争色相，清霜影里舒精神。

剑客图

笑傲不为名利牵，醉偕昆仑遍三山。
夜深来去天空碧，万里诛奸一剑寒。

【注释】

①作者一生作画无数，画作题诗也很多，但多数都未保存下来。

②陈宝："宝鸡神"的神话传说，见《史记·封禅书》；秦穆：指秦穆公，"春秋五霸"之一；孟尝：指战国时齐国的孟尝君，有"鸡鸣狗盗救孟尝"的故事。

③林和靖：见前《幽岩梅》注释。

④濂（lián）溪：湖南省水名，宋理学家周敦颐因在"濂溪书院"讲学，世称"濂溪先生"。

⑤窈红：浅红；颜酡（tuó）：醉后脸泛红晕。

⑥鲁道源（1900—1985）：国民党陆军中将，云南省昌宁县人。

⑦北辰：北极星。

【简析】

题画诗是国画的重要组成部分，是点题之作，能使画的意境升华，诗与画相得益彰。七首题画诗或用典故，或因画中景物及创作背景题诗，皆自然贴切，富有文采。

滇西腾冲护珠寺①

殿宇渺尘埃，鲜花匝地开②。

江
渊

明珠今在否，我欲问如来。

【注释】
①护珠寺：在腾冲县城北 15 公里之岗峨山中，山势似交椅，面对平川，青山绿水，鸟语花香，是不可多得的览胜之地，相传寺内如来佛像腹中藏有一颗龙珠。
②匝地：遍地。

【简析】
这首诗音韵铿锵，寥寥数语描绘出护珠寺的清幽美景，接着点题，颇有禅味。

小 斋

久掩柴扉待客来，浓霜满地拂苍苔。
小斋毕竟午晴好，报早梅花及时开。

【简析】
在一个冬日的中午，阳光照到小院，早梅初放；想必主人已沏好了茶，正在等待约好的客人，多么惬意而又充满期待的时光。

渔 翁

最喜老渔态似憨，肩高背曲发斑斑。
日持短楫穿波月①，傍花随柳过前川。

【注释】
①楫：船桨。

【简析】

这首诗描写了一个与世无争、乐天安命、潇洒自如的老渔翁形象，恍如仙境。

咏牡丹

民国三十三年春，余偕总会长巡查滇西各县佛教受战祸影响情况，至龙陵县城，有前清王翰林（忘其名）邀至其家赏牡丹，且赠余国色一枝，因赋诗答谢①。

数年不见故园花，每到花时只自嗟。
多谢太史分国色，为怜客子赠芳华。
芬芳仙圃烘旭日，烂漫琼枝映暮霞。
知否南中多少雁，只应飞倦始还家。

【注释】

①民国三十三年：1944 年；龙陵县：在云南省西部。

【简析】

牡丹，国色天香，作者的家乡盐源也有此名花。此时在滇西又见到牡丹，倍感亲切，引发作者挥之不去的乡愁。全诗层次分明，语言典雅流畅，对仗工整，是一首优美的七律诗。

哑泉怀古①

民国三十三年余经滇西顺宁府，四十余里处即武侯南征时所遇之哑泉（见《三国志》）。十余里内禁止饮当地水，日暮至旅社后方得饮水。感此而作。

饱经酷暑与蛮烟，幸得灵泉解渴馋。
饮水当思来源处，莫把清泉当哑泉。

【注释】

①哑泉：传说中一种含有过多铜盐的泉水，饮水过多便会中毒，会出现沙哑失声，最后慢慢死亡。

【简析】

旅途中遇哑泉引发思古之幽情，感慨饮水思源，给人以启迪。

大渡河吊石达开①

水剩山残事业空，梦魂不复忆江东。
当年韦杨成遗恨，此际钱江不再逢。
间关万里悲晓月，渡头无奈叹无穷。
只今行客凭吊处，赚得英雄泪点红。②

【注释】

①石达开：清代广西贵县人，太平天国著名将领，封"翼王"，后兵败大渡河被清兵押至成都杀害。

②江东：这里指南京，太平天国曾建都南京，称"天京"；韦：即韦昌辉，太平天国领导人之一，封"北王"；杨：即杨秀清，太平天国领导人之一，封"东王"；钱江，字沛然，又字秋屏，曾任太平天国洪秀全军师；间关：象声词，形容婉转的鸟鸣声。

【简析】

石达开是太平天国最富有传奇色彩的人物之一，十六岁"被访出山"，十九岁统率千军，二十岁封王，英勇就义时年仅三十二岁。诗中对英雄末路的悲壮结局表现出深深的哀挽。

中秋于滇西道中

一

十年书剑老瀛洲，佳节良辰负此游。
耿耿寸心明似月，畅怀何必定中秋。

二

不堪远别羁异乡，万水千山路茫茫。
一家骨肉今若何，梦里犹然返故乡。

三

心伤别梦是耶非，回首依依泪欲挥。
只有暮鸦争解事，终朝犹向故园飞。

四

秋风萧萧透襟寒，客舍自顾影形单。
此后有家归未得，倍使愁心禁亦难。

五

不见西康逾十年①，故园如梦事如烟。
春讯惟报平安竹，好慰亲心乐大年。

江渊

六

故乡西望蜀山多，杨柳依依奈若何。
千尺桃潭江水碧，游人空自怅烟波。

七

多时不闻故乡音，寸心遥望寄片云。
感此良宵团圆月，人间天上两关情。

八

天涯憔悴身，一顾一沾巾。
遍地有芳草，满城无故人。
怀才皆得路，失意自伤春。
菱花不须照②，相对总销魂。

【注释】
①西康：1939 年国民政府设西康省，辖今雅安、甘孜、凉山等地，中华人民共和国成立后撤销划归四川省。
②菱花：指菱花镜。

【简析】
每逢佳节倍思亲，中秋客居他乡，引发了作者对故乡亲人的深深思念之情，也表现出作者内心的孤独之感。

秋日与杨耀昆司令登银江楼

杨耀昆乃前云南督军唐继尧之前敌司令，时年已八十一岁矣，其长子树勋为吾弟子①。

远天高耸百尺楼，江天满眼又新秋。
才雪国耻三千尺②，人是中原第一流。
红袖有香添我恨，黄花无语使人愁。
欲穷旷世男儿眼，立马昆仑顶上头。

【注释】

①唐继尧（1883—1927）：云南会泽人，早年参加同盟会，后随蔡锷发起推翻袁世凯的"护国运动"，曾任云南都督，滇西军阀首领。

②才雪国耻：指抗日战争刚取得胜利。

【简析】

首写登楼远眺之无限风光，接着表达了对杨耀昆司令的崇敬，然后联系到自身的处境，流露出怀才不遇的伤感和依然不坠青云之志的豪情。

题万淑英小照①

果然丽质见芳华，淡抹浓妆两不差。
生有慧心才免俗，孰怜红颜薄命花。
只合天上寻仙侣，怎向人间觅小家。
前度情郎今在否？天台一梦饭胡麻。②

【注释】

①万淑英：作者好友。
②前度情郎：指万淑英的丈夫。

【简析】

此诗描写了好友万淑英的美丽聪明，并对其不幸的婚姻表示惋惜。

万松岭静室寺

民国三十七年，余退出佛教总会栖迹于昌宁县万松岭深山之静室寺①。

一

雨后山光一洗新，层峦叠嶂好登临。
松荫满地日当午，枕石铺菌卧白云。

二

寂寂清荫梦正酣，苍松皓月满空山。
我今有幸参妙果②，也从此地一开颜。

三

一字雁横天际头，秋光满眼且登楼。
寒山日落彤云起，古寺钟催暮雨收。

四

慧门泌水乐栖迟，春去秋来浑不知。
论交常聚知名客，放怀高咏乐天诗。
坐花对月邀诗友，薅雨耘云种紫芝。
清夜焚香参吕祖，风流儒雅是吾师。③

【注释】
①民国三十七年：1948 年；昌宁县：位于云南省西部。

②妙果：佛教语，佛果、正果。

③慧门：佛教语，谓进入智慧的法门；泌水：谓隐居之地；乐天：唐代诗人白居易，字乐天；薅（hāo）雨耘（yún）云：指在雨雾中耕种除草；吕祖：传说中的八仙之一吕洞宾。

【简析】

作者退出佛教总会后，犹如脱离樊笼，暂栖于静室寺，过上了神仙般的隐逸生活，表现出一种无比轻松、超脱的心境。

题墨菊图

民国三十七年七月，余空手退出总会后，幸得长宁县长嘱托昌宁、宝山、永平三县各学校一路护送。至永平兰津中学，为该校留下。校长之父杨自培为前清进士，数任知县，年八十余，髯白如云长尺许，真美髯公也。邀至其家，请画菊花并题。

> 数枝秋花好，居然艳似春。
> 觅香原有蝶，采菊尚无人。
> 节以晚弥著，交从淡始真。
> 只宜贤令尹，相对乐萧辰①。

【注释】

①令尹：古时泛称县、府等地方行政长官；萧辰：秋季。

【简析】

前四句描写秋菊之美，后四句表达了对主人的敬意，语言简练，亲切感人。

题昭君出塞图①

再为杨老知县作。

箛鼓争喧逼汉关，匹马出塞朔风寒。
怨别汉宫悲远嫁，至今青冢草芊芊。②

【注释】

①昭君：即王昭君，西汉南郡秭（zǐ）归人，元帝时被选入宫，后匈奴呼韩邪单于入朝求和亲，昭君嫁匈奴。入匈奴后被称为宁胡阏（yān）氏，现呼和浩特市南部有王昭君墓，称"青冢（zhǒng）"。

②箛：胡笳，中国古代少数民族的一种乐器，像笛子；汉关：汉代的边关；芊芊（qiān）：草木茂盛的样子。

【简析】

寥寥数语勾画出一幅生动形象的边塞图，情景交融，极具感染力。

别永平县

余1956年经永平县人民政府批准回西昌，车途至永仁，书此以答谢永平县人民政府领导①。

幼岁壮志赴滇边，甘载残疾误青年。
此日怀恩赋归去，万水千山心怡然。

【注释】

①永平县：在今云南省大理白族自治州，中华人民共和国成立后，作者得到永平县人民政府批准从事照相业；永仁：即云南省楚雄彝族自治州永仁县。

【简析】

作者即将回到阔别二十多年的故乡，其感激、欢愉之情溢于言表。

泸沽湖

一

边塞波光晓镜开，三岛深处隐楼台。
尘氛不到螭宫室，渔舟逐水去复来。

二

烟波浩渺远接天，泸沽湖里渔船连。
侬家自有情歌曲，不羡西湖唱采莲。

三

群峰拥翠如画屏，蒙蒙四望海云生。
多少风流才子笔，绘声绘色写风情。

【简析】

三首诗生动地描写了泸沽湖优美如画的湖光山色及独特的民俗风情，清新自然、朴实无华。

榴 花

一

点点榴花照眼红，值我生日绽墙东。
人间荣憔殊难定，昔日端阳今又逢。

二

摘得榴花赠阿英，暗横秋水谢唐寅。
揉碎花心真憨佻，不负当宵酒满尊。①

【注释】

①秋水：指眼波；唐寅：字伯虎，明代江苏人，书画家，"吴中四才子"之一；憨（hān）：傻、朴实；佻（tiāo）：轻薄、不庄重。

【简析】

作者的生日是端午节，正值石榴花绽放时节，由于世故多变，多年后再见到石榴花时颇多感慨。第二首写作者与一女子的一段情缘。

干 支①

芳辰最喜雨初晴，乍卷丁帘气象新。
岭上鸠鸣声午午，檐前点翠石庚庚。
辛夷坞里红英满，甲秀堂前春草生。
更喜牡丹开丙穴，时闻紫乙弄清音。②

【注释】

①干支：天干和地支，以十干和十二支循环相配，可成甲子、乙丑、丙寅……等六十组，称"六十甲子"，用以纪年。

②乍：刚刚；丁帘：古时一种丁字帘；辛夷：香木名，又叫木兰；坞：四面高、中央低的地方，唐诗人王维别墅"辋（wǎng）川山庄"有胜景辛夷坞；丙穴：地名，在陕西汉中；紫乙：不详，或为一种鸟的别名。

【简析】

作者选取干支中的一些文字，巧妙地进行组合，构成一幅春光明媚、鸟语花香的美景。

虎

长啸傲天地，雄踞百兽惊。
纹彩惊四座，啖吐自风生①。

【注释】

①啖（dàn）：吃、喂。

【简析】

这首咏虎之作语出惊人，给人虎虎生威的感觉，非常生动；"纹彩"谐"文采"，"啖吐"谐"谈吐"，既写虎，又是在写人，诗意深化。

公母山即景①

相依相偎不计年，顽石也入爱情天。
色身故示人间事，笑看儿孙绕膝前。②

【注释】

①即景：就眼前的景物即兴创作。

②色身：佛教语，即肉身；儿孙：这里指公母山的游人。

【简析】

这首即景诗可谓雅俗共赏，点石成金，将禅意与世俗生活巧妙联系起来。

何郝炬

何郝炬，成都人，1937年赴延安，1938年加入中国共产党，曾担任四川省副省长、省委副书记、省人大常委会主任。

盐源赞①

扼山川之胜，据湖海之光，拥盐铁之利，具林木之长；民族团结，万众同心，开拓奋进，盐源其昌②。

【注释】

①1990年3月，时任四川省人大常委会主任的何郝炬同志视察盐源时，挥毫题写了这首词，题目为编者所加。

②扼（è）：扼守、据守。

【简析】

寥寥数语，高度概括了盐源的秀丽山川和富集的资源，以及欣欣向荣的景象，并寄予美好的祝愿。语言精练、饱含热情。

宋定芳

宋定芳（1922—2011），盐源县盐井镇人，1947 年 6 月毕业于浙江大学中文系，先后在台湾省宜南中学、重庆市致平中学教书。1950 年 5 月考入西南人民革命大学，毕业后分派到西南军政大学文教大队参加培训，结束后安排到西南军区步兵实验营从事文化教育工作。1953 年春转业回盐源，在县工商联工作，1958 年调到盐井镇"三统企业"工作至退休。

哭定经兄①

癸亥年五月十六日堂兄定经病故，咏数语哀之。

纸钱灰飞烬，泪洒哭无声。
半生多潦倒，亲朋少近邻。
食宿谁来顾，瘫痪孤零仃。
罈盆蛛丝网，锅灶满灰尘。
死者长已矣，生者长悲戚。
绕棺呼不应，九泉寂无闻。
老幼挥泪去，阿兄葬山林。

【注释】

①1983 年，作者堂兄宋定经病故，作此诗志哀。题目为编者所加。

【简析】

堂兄去世，凄然泪下，联想到自己半生落拓，不禁悲从中来。描写细致真实，仿佛陶渊明《拟挽歌辞三首》之景象。

游公母山

1984 年 8 月 13 日，成都至亲来盐源相聚数日，是时秋高气爽，乃游景点公母山，聊赋数语志之。

卅年风云少着鞭，"快此登临"意盎然①。
蝉雀声绕佛殿宇，鱼木频传释迦言。
笑傲孤峰招远游，画栋雕梁费熬煎。
宿愿或偿僧国正②，笮岭美妙独此山。

【注释】
①快此登临：公母山景点有此四字，是民国时期摩崖石刻。
②僧国正：僧人梁国正时为寺庙主持，年九十余，数十年经营庙宇，煞费苦心。

【简析】
多年的压抑生活，早已没有了登山览胜的心境。时逢亲友来访，又值秋高气爽，才有心情畅游名山奇景，流露出难得的喜悦，诗兴大发。

感怀二首

盐源县政协文史资料室约请撰写历史资料，拒之不能，因感而赋。

一

濡笔泼墨洒江天，往事烟云一指间。
山城早留千古泪①，更看世事多悲欢。

宋定芳

213

二

枯肠索尽披肝胆，书罢谁能与共研。
筐底可曾知与否，梦回江南时势迁②。

【注释】

①山城：指重庆。

②江南：指杭州，作者早年求学之地。

【简析】

忆往事、写过去，不禁引发了作者万端感慨；几十年弹指一挥间，真不知从何说起。

南北游①

浪迹山川忽半载，满身征尘白头篇。
海滨天地云和浪，香溪邃洞树与烟②。
锦江梧高飘香魂，草堂诗词留人间。③
那堪松风邛海月，更道挚诚友乐天。

【注释】

①作者退休后多次外出旅游，饱览大江南北美景，写下了一些诗词。

②香溪：陕西省安康市风景区。

③锦江：在成都，江畔有望江楼，纪念唐代女诗人薛涛；草堂：成都杜甫草堂，纪念诗圣杜甫。

【简析】

作者晚年游览了很多名胜古迹，又得到亲友的热情接待，心情十分舒畅。

归里吟①

山岚深处石径斜，轻车直上层峰峦。
垄亩已畦备冬莳②，山桥架溪故人还。
侄辈欢呼车站里，斗室声喧蓬门边。
问道南北亲人事，惟有天伦多挚言。

【注释】
①归里吟：作者远游归乡所作。
②畦（qí）：把田地分成整齐的小块以便耕作；莳（shì）：栽种。

【简析】
　　远游归来，先写车入家乡时所见之亲切景象，再写一家老小欢笑团聚、其乐融融的温暖情景。

寄表侄江怒潮

伸纸濡毫谱新篇，炼石金丹可健痊。
春意意浓任选择，情厚厚深莫等闲。
筝岭风寒云天外，锦城笙歌又一年①。
斑白镜里我自笑，枉读古籍史公篇。
西泠茶肆鹤琴墓②，龙泉虎跑尽云烟。
试问画舫能再否？钱江鱼肥度新年。
骋怀仍须苏堤柳，逸兴难忘灵隐山。
歌罢停笔叹无用，漫卷诗书仰笑天。

宋定芳

215

【注释】

①锦城：指成都，表侄江怒潮所在地。

②西泠：在杭州孤山西北尽头处。以下几句中"鹤琴墓""苏堤""灵隐山"等均为西湖周边的景点，为作者早年求学游览之地。

【简析】

诗中表达了对远在成都的表侄的思念，并追忆自己年轻时在杭州求学时游览的景点；如今华发满头，不胜感慨。

黎天和

黎天和（1924—1986），女，盐源县卫城人，先于私塾受教，后毕业于卫城女子小学，曾考入西昌女子初级中学，后因家庭变故，未能入学。中华人民共和国成立后参加土改、肃反镇反等工作，曾在梅雨小学任教多年，后担任梅雨五大队会计、梅雨五大队四小队会计等。

哭父七绝四首①

其 一

不复王谢旧门庭，梁间燕子太无情。②
含冤精卫难填恨③，海枯石烂可怜生。

其 二

红豆残灯月色清，可能夜台返精魂④。
孝慈两字今何负，泉下有知应痛心。

其 三

五更鼓角九回肠，点点血泪湿透裳。
素志难成总不肖⑤，而今聊以继书香。

其 四

泉下寂寞应自哀，魂飞何处不归来。

手册检点今犹在，青鸟可能寄泉台⑥？

【注释】

①作者父亲黎棠华，字伯秾，参见前；于民国二十八年（1939）腊月十三日被人杀害，从此家道中落。

②"不复"句：唐刘禹锡诗《乌衣巷》："朱雀桥边野草花，乌衣巷口夕阳斜。旧时王谢堂前燕，飞入寻常百姓家。"梁间燕子太无情：出自《红楼梦》林黛玉《葬花吟》。

③精卫：古代神话中鸟名，《山海经》记载了精卫填海的故事；后多用以比喻有仇恨而志在必报，或不畏艰难、奋斗不息的人。

④夜台：坟墓，亦借指阴间。

⑤不肖（xiào）：不才、不贤。

⑥青鸟：神话传说中为西王母取食传信的鸟，见《山海经》；泉台：指阴间。

【简析】

满腔悲愤，凄婉动人；表现手法细腻而形象。

感 怀

其 一

咄咄书空了此生①，一腔热血半成尘。
恨不手刀披仓腹，借慰泉台老父心。②

其 二

人亡家破暗神伤，天意人事统渺茫。
何时能将仇恨报，一点丹心答上苍。

其 三

国难家难思销然③，搔首苍茫欲问天。

世事如棋难自料，荣枯消长亦循环。

【注释】
①咄咄书空：形容失志、懊恨之态，出自《晋书·殷浩传》。
②仓腹：粮仓和肚子，古人很看重耕、读，一是耕田以换秋后仓满，二是读书以求满腹学识。
③国难：指当时正值抗日战争。

【简析】
国仇家恨，溢于言表；有志难酬，痛心疾首。心理描写极具特色。

民国三十三年腊月见青年从军有感而作①

一

国势蜩螗到如斯②，西南风火正乘时。
牺牲谁是忠心时，待我青年醒睡狮。

二

堪嗟倭奴太猖狂，残破金瓯实可伤③。
奋斗促今拔剑起，齐心一鼓下东洋。

【注释】
①指 1944 年盐源县一批青年光荣参军抗日。
②蜩（tiáo）螗（táng）：本指蝉，比喻喧闹、纷扰不宁。
③金瓯：金盆，比喻疆土之完固。

【简析】

两首诗表达了作者对国土沦丧的焦虑和同仇敌忾、抗战必胜的豪情。

饯 行①

一

姊妹分别在北门，相对静默泪沾巾。
肠中离怨千万绪，先由何句说出唇？

二

珍重未出泪涟涟，云山远阻各一边。
要得朝夕常相见，不知何日并何年。

三

今日离别泪盈腮，秋雁声声助悲怀。
燕子今去春大返，吾姊明年来不来？

【注释】
①饯行：设酒席送行。

【简析】
姊妹情深，一朝远别，相见何年，千言万语不知从何说起。

赠别云珠①

一

姊妹分别泪涟涟，咫尺天涯各一边。
云珠今日揖别去②，孤伶之姊有谁怜。

二

寒梅颜代春，金柳动离情。
感此时欲泪，恨别更伤心。

三

姊妹兰交情义远③，可恨不能久聚欢。
但愿云珠苏府去，鸳鸯合好到百年。

【注释】
①云珠：徐厚情字云珠，作者的同学、好友。
②揖（yī）别：作揖告别，犹拜别。
③兰交：指意气相投、志同道合的至交。

【简析】
知心闺蜜即将出嫁前来告别，万般不舍；联想到自己今后更加孤独，不禁悲从中来；最后一首表达了对好友的深情祝福。

春夜感怀

明镜高悬浅碧天，花明柳暗自芊芊。

黎天和

叹息韶华容易过，前途茫茫百事艰。

【简析】
良宵美景，独坐伤春；情景交融，生动传神。

绝　句

最难遣处是黄昏，满腹忧愁对残灯。
别有深思娘不解，灯光云影统销魂。

【简析】
　黄昏，残灯，云影；凄清的意境，满腹的心事，言有尽而意无穷。

杨星火

杨星火（1925—2000），著名解放军女诗人，四川威远县人，1949年参加中国人民解放军，曾在西藏服役二十多年。其早年创作的诗歌《一个妈妈的女儿》《叫我怎么不歌唱》等曾广为传唱，影响了几代人。1992年荣获国务院"对文化艺术有突出贡献"专家特殊津贴。

亲人送我一包盐[①]

亲人送我一包盐，洁白如雪亮闪闪。
尝一颗盐写首诗，有盐有味不枯干。
盐源城里转一圈，满城盐香满城欢。
摔跤比赛大力士，都因吃了盐源盐。
从小吃了盐源盐，浑身力气能搬山。
搬来的黄金千百两，搬来百座苹果园。
盐的水，盐的山，石头草根都姓盐。
盐源的盐全部开出来，能把地球都泡咸。
泡咸了莽莽寰球，消除了毒苗污染。
好啊，留它一个鸟语花香满人间。

【注释】
①据《盐源盐厂志》。

【简析】
作者来到盐源采风，被这里悠久的盐文化和淳朴的民风深深吸引，以诗人的多情和浪漫写下了这首脍炙人口的优美诗篇。全诗激情洋溢，想象奇特，把盐源"写活了"。

黄功敏

黄功敏（1926—2019），四川乐至县人，1947 年 4 月毕业于四川大学文学系，后考入国民党陆军军官学校（成都，属黄埔军校系列）第 22 期学习。中华人民共和国成立后在乐至县从事教育工作，1963 年下放到盐源果场子弟学校教书至退休。书法家，擅长诗词创作。

菩萨蛮①

人生失意何能免，穷愁似我应无限。浪迹到天涯，飘零同落花。艳色成泥土，香气仍如故。不必恨东风，明年依旧红。

【注释】
①据作者手稿。菩萨蛮，词牌名。

【简析】
此诗作于 1957 年。以花自喻，虽面临挫折，仍对前途充满乐观。

清平乐·种树①

东风十里，荡漾歌声起。银锄铁镐飞未已，遍种松柏桃李。风光喜看今朝，新畴遍地新苗。待到明朝花发，江山分外妖娆。②

【注释】
①据作者手稿。清平乐，词牌名。
②镐（gǎo）：镐头，俗称"十字镐"；畴（chóu）：田地。

这首词作于 1975 年盐源果场子弟学校，表现了师生种树的劳动情景及对美好未来的憧憬，也有"十年树木，百年树人"之意。

对　联

题公母山文昌殿联①

（一）

文光射斗牛，珠玑开元，墨海辉波，翰苑简竹传后世；
昌仪昭日月，恪忱著永，岸容贤慈，春风桃李遍人间。②

（二）

圣殿嵌绝壁，凌云衢，叹为观止；
奇石落险峰，笼烟月，独领风骚。③

【注释】

①据作者手稿。文昌殿：供奉文昌帝君，是中国民间和道教尊奉的掌管士人功名禄位之神。两副对联至今尚存。

②珠玑：比喻优美的诗文或辞藻；翰苑：即文苑；简竹：指书籍；恪(kè)忱：恭谨而真诚；岸：高。

③嵌（qiàn）：把东西填镶在空隙里；衢：道路。

【简析】

第一联写文昌殿的文化意义，上下联首字"文""昌"，属藏头联。第二联主要写文昌殿的独特地势。文词精当，对仗工整，自然贴切。

黄功敏

题盐源县城西牌坊联①

公母奇石惊天下，女儿神韵动九州。②

【注释】

①据作者手稿。牌坊今已不存。

②公母奇石：指公母山奇景；女儿神韵：指泸沽湖独特的母系氏族文化。

【简析】

对联简洁地概括了盐源两处奇特的自然和文化景观，生动形象，给人留下极深印象。

张子谦

张子谦（1928—2007），名学礼，字子谦，笔名蠖叟、长弓、沧桑、百灵野叟，盐源县卫城人。盐源省立边民小学毕业后，拜柏如愚先生学习古诗文及书法。民国三十五年（1946）受聘于卫城小学任教，业余习文练字。中华人民共和国成立后在平川杭州小学、黄泥岗小学、香春堡小学任教。1962 年春香春堡小学停办后调幺店子铁木工厂任会计，1963 年离职回家务农。潜心钻研中医，自开门诊治病养家。擅长诗词书画，旁通佛道经文。于盐源公母山寺庙留有其碑、匾、对联，书法端庄遒丽。有《沧桑诗草》一卷，收录诗词六百余首，对联一百三十余副。

马王堆汉墓[1]

长沙暗香两千春，水殿仙桃醉丽人。
玉骨花颜骸未朽，冰魂艳魄貌如生。
棺陈彝鼎漆雕古，笥贮图书翰墨精。[2]
防腐绛红奇迹显，功超浩劫轪妃陵。

【注释】

①马王堆汉墓是西汉初期长沙国丞相、轪（dài）侯利苍及其家属的墓葬，位于湖南省长沙市。1972 年，考古工作者先后发掘了三座西汉时的墓葬，其中一号墓为利苍的妻子"辛追夫人"，虽然经历了二千余年，身体各部位和内脏器官的外形仍相当完整，并且结缔组织、肌肉组织和软骨等也保存较好，皮肤有弹性，这在世界尸体保存记录中是十分罕见的。墓中出土了大量珍贵文物，国家文物局将马王堆汉墓列入全国重点文物保护单位，被评为"世界十大古墓稀世珍宝"之一。

②彝：古代青铜器的通称；笥：盛饭或衣物的方形竹器；贮（zhù）：储藏、储存，墓中出土了帛书《老子》，绘画有舟、车、耕、战、贵夫人行乐图等。

【简析】

这首诗生动形象地描述了长沙马王堆"辛追夫人"汉墓的考古奇迹。

悼小平①

万水千山炉火纯，苍生十亿恸荧屏。
民心恒产成功伟，国政蓝图特色新。
巍矣才华能拔萃，大哉睿智力超群。
九三劳瘁巨星陨，尧舜永垂悼小平②。

【注释】

①1997年邓小平同志逝世，享年九十三岁。
②尧舜：古史传说中的两个圣明君主。

【简析】

这首七律概述了邓小平同志开创中国特色社会主义的丰功伟绩，表达了沉痛的哀思。

破阵子①

二十多年琴瑟，五旬两度颠连②。耕风凿雨奔波苦，揽月追星折腾烦，几曾有余闲？

蜗角蝇头魂瘁，呕心沥血身蠲③。流水落花君竟逝，鼓盆炊臼我何堪④？儿女哭苍天。

【注释】

①破阵子：词牌名。

②琴瑟：乐器，琴和瑟，比喻夫妻感情和睦。

③蠲（juān）：同"捐"，献出（生命）。

④鼓盆：指丧妻，见《庄子·至乐》；炊臼（jiù）：炊于臼中，谓无釜（锅），谐音"无妇"，喻丧妻，见唐段成式《酉阳杂俎》。

【简析】

这首悼亡词追述了妻子一生的辛劳和夫妻间的恩爱，表达了失去亲人的极度悲痛之情。

修复莲花山报恩寺佛殿纪念碑序①

佛地凸名山，观层峦叠翠，毓秀钟灵；问盘古，人世沧桑，莲自几时长起？

洞天凹胜景，叹曲径通幽，浮生浪迹；望穿苍，风云变幻，峰从何处飞来！

县志曰："且若水实发帝喾之祥，笮山尽衍梵天之脉，灵气磅礴，岂真少人而多石？以今揆昔，知湮没不彰为可慨也。"②莲花山位于盐井西南数里，形如连理，故以公母名之。其两峰相对，雅有阴阳，含万物生存不息之意。一说为太极图山象。相传明末清初，天鹅山已建寺庙。因峰峦嶙峋，岩泉清冽，殿宇错落，山水葱茏。曾以"萧寺暮烟"为盐源八景之一，著称于世。

迁客骚人多所吟咏。如"山置偏隅迹久沦，奇观终许壮乾坤""千仞丹梯神劈削，一时兰舍佛因缘"乃嘉庆举人陈震宇之佳句也。知县傅京辉批注"颇得胜概，足显此山奇"。"委婉蚕丛踞，禅房自可通。台青铺乱石，云碧锁孤峰。"此典史赵桂生游禅房诗也。"古刹双峰落，飞来势路斜。扪萝缘石磴，语梵看天花。"乃周东兴和原韵也。"磴道盘纡入，方知别有天。一峰高碍日，双壁削凌烟。"乃大理拔贡生张世衍偶占也。"双石对峙廿余丈，天然结发恩爱两不疑。"乃训导谢继申之歌也。"快此登临"刻石嵌于绝壁，此县长包寿铭与羊清泉、欧秉乾同游所书也。王选皋书匾，伍子模缀联，佳作如林，足以为公母山增辉生色。而张剑魂游重阳洞律诗中，有"猿猴

张子谦

229

招今雨，藤花落古秋。松风清洗耳，萝月照当头"之句，尤为上乘之作也。

初登垭口，即见锣山鼓山迎客，依山势萦纤步磴而下，俨若石龙蜿蜒。路侧弯弓香，为亲腰岩。特以天生母石山入莲蕊，平地矗立于崇山峻岭之莲瓣中，高入云霄，上合下离，游人可从石缝中鱼贯出入，世传"打儿窝"，欲求生子者，摩石揣去之。

鸟衔峰顶之仙茶，寺僧烹以奉佛，不啻龙团雀舌也[3]。四周古木参天，山花烂漫，空山小洞，鸟语悠扬；珍禽异兽，出没林草，一片苍翠绿漪，名曰"小南海"。

若环山远眺，奇观尽来眼底。东临飞泉山，有清泉飞泻四溅；石棺材鬼斧神工。南峙横断山，蜂子岩蜜蜡滴珠。五杆旗山，戈戟森然。七色花岩，斑斓绚丽，如古庙海船。西突石钟山，空谷传响，有风声如洪钟。天鹅山介乎笔架山、照壁岭，似乎翱翔展翅。西南林海松涛尤美。北耸公石山，独立长空，风姿挺拔，与母石山遥相呼应。前伏蛙龟岩，石刻"仙佛胜地"已风化。后蹲狮子山，如作雄狮之吼，气象雄浑。朝浮白云，夕飘彩霞。游人到此，心旷神怡，真有如临神仙洞府之感！

【注释】

①莲花山：即盐源公母山，因公母石形似莲花而名。

②县志：指清道光陈震宇《盐源县志》；帝喾（kù）：传说中的古代帝王，即"五帝"之一的高辛氏，《史记·五帝本纪》："帝喾高辛者，黄帝之曾孙也。"《山海经》："帝喾生于若。"梵天：指印度教的创造之神，华人地区俗称四面佛；揆（kuí）：推测。

③啻：仅，只；龙团、雀舌：皆为贡茶，名茶。

【简析】

这篇序文对公母山及其周围山水风光作了生动形象的描述，有哲理，有文采；开篇对联亦颇有意蕴。

对　联

柏林庙门联①

功著川黔，生而英雄，驱虎豹靖蛮烟，西盐留胜迹；
祥钟滇浙，卒则灵异，跨虬龙行霖雨，北阏显忠魂②。

公母山玉皇殿联

玉殿巍峨，门辟九霄，仰观碧落星辰近；
皇銮峻极，石磴千级，俯瞰翠微峦屿低③。

【注释】

①柏林庙：位于盐源柏林山麓，供奉柏林太子，属地方神，执掌习风。《诗经·邶风·谷风》："习习谷风，以阴以雨。"相传昔时每年三月初三县令率士民隆重祭祀，可庇佑风调雨顺，五谷丰登。参见前陈应兰《盐源竹枝词》"一年大是半年风"，陈震宇《盐源八景·风洞仙踪》。

②据传清同治四年庙中曾有碑记：柏林太子名张义华，浙江人，明嘉靖中其父张炜为威远将军，驻防云南大理府，曾奉旨赴贵州普安平叛，义华从征；张炜中毒箭身亡，义华英勇奋战，斩苗酋，众苗归降。义华回京面圣，被赐封为太子，袭父威远将军职。后盐井卫诸夷叛乱，帝封义华为征南大将军进剿，阵亡于柏林山下。清康熙年间，义华显灵救驾，托梦于帝，受追封为柏林清净太子，饬臣致祭，因得享祀于盐邑。阏（è）：壅塞。

③銮：指皇帝的车驾。

【简析】

两副对联均切合时宜，词语凝练，对仗工整。

徐 行

徐行（1930—2020），盐源县盐井镇人，1948年盐源中学毕业后即从事教育工作，先后在盐务小学、盐井小学任教。1950年参加工作仍任小学教师，先后在干海、梅雨、卫城任教。1956年调县文教科从事基建及财务工作。1960年调盐井小学、政府街小学、工农街小学任教。1980年调县文教局担任统计、招生等工作，1989年退休。

咏公母山

萧寺暮烟三百年①，胜景奇峰蔚壮观。
何须迷茫辨公母，莲花幽景好悟禅。

【注释】
①萧寺："梁武帝造寺，令萧子云飞白大书'萧'字，至今一'萧'字存焉"（唐李肇《唐国史补》）。后因称佛寺为萧寺，"萧寺暮烟"为旧时"盐源八景"之一。

【简析】
前两句叙述了公母山几百年来逐渐兴盛的历史；后两句似告诉世人，如此美景正好参禅悟道，不必去较真分辨公山母山，使意境深化，别具一格。

园 丁

辛勤浇灌作园丁，喜见桃李尽成林。

昔日指望三生幸①，今朝全民尽欢腾。

【注释】
①三生：据作者自述，旧时称先生、医生、学生为"三生"。

【简析】
作者一生教书育人，桃李满园。这首诗表达了新时代人人当家做主、喜气洋溢的精神面貌。

忆秦娥·重阳抒怀①

九月九，秋高气爽好天候。好天候，有养有乐，无忧无愁。
洁身自好淡名利，健步欢歌乐春秋。乐春秋，愿吾老友，健康长寿。

【注释】
①忆秦娥：词牌名。

【简析】
这首词形象地描绘了作者幸福乐观、怡然自得的退休生活。

浪淘沙·海啸①

海啸恶浪翻，席卷海湾，铺天盖地掀狂澜。受灾平民几十万，惨绝世间。
昂首笑苍天，小看人间，团结力量大无边②。全球都在搞捐献，重建海湾。

【注释】

①浪淘沙：词牌名；海啸：一种具有强大破坏力的海浪，多由海底地震、火山爆发引起。

②小看人间：这里指人世间互助友爱、共渡难关、力量强大，不容苍天小看。

【简析】

这首词生动地描绘了 2004 年 12 月 26 日印度尼西亚苏门答腊岛附近发生海啸造成巨大灾难，以及全世界伸出援手、渡过难关的感人情景。

宋定寅

宋定寅，盐源县盐井镇人，1950年毕业于重庆大学商学院会统系，后参加中国人民解放军，在北海舰队第五海军学校任教官。转业后在山东省青岛市财政局工作，任财政部驻青岛副处级干部，高级经济师。

思乡曲①

一

青春白发几沧桑，息影林泉意转伤。
长忆鸲鸰怀旧雨②，难求乡梦怨鸡唱。

二

霜浓菊老我归时，盐河依然柳如丝。
欲觅童痕踪迹杳，逸情细味贺公诗③。

【注释】

①据张自仁先生《岁月留痕》，题目为编者所加。
②鸲(yù) 鸰(líng)：鸟名，又叫八哥儿；旧雨：指老朋友，又叫旧故。
③贺公诗：指唐代诗人贺知章诗《回乡偶书》。

【简析】

第一首写少小离家，几十年沧桑岁月，魂牵梦绕思念家乡；第二首写回到故乡时的激动和喜悦。情真意切，极富感染力。

谭大文

谭大文（1932—2004），字松雪，盐源县盐井镇人，教师、书画家。作品曾被送到日本、新加坡、韩国巡展，多次获奖。被国际艺术家联合会授予"中国书画艺坛名师"，入选《中国民间名人录》《中国百年经典书画全集》《世界当代著名书画家真迹博览大典》等。

年 华[①]

当年风流今何在，转瞬已是白头翁。
劝君惜取好年华，莫似梦里过春冬。

【注释】
①据《谭大文画集》。

【简析】
诗人感叹人生年华易逝，青春不再，故奉劝少年要珍惜时光，勿虚度光阴。

题公母山联

雌雄奇峰天铸就，太极胜境地成因[①]。

【注释】
①太极：古代哲学家称最原始的混沌之气，谓太极运动而分化出阴阳，由阴阳而产生四时变化，继而出现各种自然现象，是宇宙万物之源。

【简析】
此联描写生动，对仗工整，富有哲理。

戴沧萍

戴沧萍（1933—2014），又名启柱，盐源县卫城人，企业经济师，书法家，供职于四川石棉矿。其书法得伯父戴自朴先生真传，造诣颇深。无锡书法艺专毕业，世界书画家协会会员。作品曾被中国红军纪念馆、新加坡神州艺术馆收藏；在全国书法比赛中，曾获金奖两次、铜奖一次、一等奖两次、三等奖两次；同时被收入《世界华人文学艺术界名人录》等各种名录、传略、典集。

球磨川[1]

球磨川畔独凭栏，紫气青岚绕暮山[2]。
千里潺湲听冻水，万家灯火落南天。

【注释】
①球磨川：日本熊本县南部球磨水系的干流，是日本三大河流之一，一级河川，过去是泛舟名地。
②岚（lán）：山中的雾气。

【简析】
作者在四川石棉矿工作时多次出差到日本，此诗是在日本著名的球磨川畔即景之作，给人以身临其境之感。

题弟新居[1]

人和天地宽，扩房间，开新篇。莫嫌起步晚，勤劳是关键。花香惊蜂蝶，柳翠掩鸣蝉。餐饮味可口，休闲娱乐鲜。

【注释】

这首诗是作者为其弟廖昭文卫城新居落成而作，题目为编者所加。

【简析】

改革开放后，看到弟弟一家勤劳致富，在苹果园中修建新房，周围花香鸟语，十分高兴，为此创作了一幅书法作品。

王纯良

王纯良，自贡市盐业钻井大队副队长、工程师。

岩　盐①

盐源有史不知源，千载盐谜终揭穿。
三系白山盐石出②，地盆沉钾显奇观。
夷姑冥府遂遗愿，诸葛宵廷写颂篇。③
华夏子孙多技艺，山河粉黛换新天。

【注释】

①据《盐源盐厂志》。盐源自古产盐，最初采用自溢卤水制盐。白盐井砌石为池，以竹竿系桶取卤。后井水渐枯，供不应求。1979年9月钻探至187.32米时发现岩盐，自此开启了制盐的新时代。后不断改进，钻至1001米，钻获纯盐层12层，总厚度75.6米，初步探明岩盐蕴藏量27亿多吨，在全国井矿盐岩体中较罕见。

②三系：即第三系，地质学名词，属年代地层单位，即新生代第三纪形成的地层。

③夷姑：相传很早以前，盐源塔尔山有一摩梭牧羊姑娘，见羊群总是下坡去饮一处凹塘之水，以舌试之，味咸，从此人们便舀水煎盐。为纪念这位摩梭姑娘，后人给她修庙立像祀奉，呼为"开山娘娘"。参见前欧阳衔诗《白盐井开山娘娘赞》；诸葛：三国时期诸葛亮命蜀将张嶷（nì）为越巂太守，开发定筰盐铁，建立了历史功绩。

【简析】

这首七律从科学的角度揭示了盐源岩盐的巨大蕴藏量，并结合民间传说和历史故事歌颂了盐业发展的欣欣向荣。

后 记

　　盐源作为一个具有两千多年建制历史的文明古县，至今还没有一部古诗文作品集，这是非常遗憾的。传承优秀历史文化，让盐源在新一轮改革开放的大潮中更加自信地走向未来、走向世界，让更多的朋友了解这里悠久的历史、富饶的物产、美丽的风光、灿烂的文化，是我编写这本书的初衷。

　　本书所选的主要是传统体裁式样的文人作品。由于时代久远、社会变革、作者人生变故等原因，加上明代《盐井卫志》失传，清乾隆《盐源县志》孤本在台北故宫博物院，作品收集困难重重，有的朝代留下空白，有的作品只剩残篇，希望以后有机会修订时能更加完善一些。

　　在收集资料和编写过程中，得到了有关领导和社会各界人士的大力支持，他们是唐勇、米扬洪、蒋邦泽、颜朝统、徐选高、李达珠、周厚屺、刘弘、张正宁、张自仁、张文光、邓荣安、曾月松、骆成全、柏玉森、何学进、谈天、张仁全、郭廷华、王朝云、宋衍喆、廖昭文、石泽忠、郭常春、谭必刚、曾文忠、黎建萍、向明东、马金华、柏国兴、张文辉、张文彪、谭学斌、蔡晓明、郭茂清、沙兰、王仁刚

后记

等。在此，谨向以上领导、前辈、同志、朋友表示衷心的感谢！

诚挚希望读者对本书提出宝贵意见，如有新的发现，或对所作注释、考证、评析等有疑义，即请指正，以期不断完善。

谢光祥

2020 年 5 月 3 日于西昌